À: Juliete

Turcme

**LES ÉDITIONS LA SEMAINE**
2050, rue De Bleury, bureau 500
Montréal (Québec) H3A 2J5

Directeur-général des éditions : Pierre Bourdon
Directrice des éditions : Annie Tonneau
Directrice artistique : Lyne Préfontaine
Coordonnateur aux éditions : Jean-François Gosselin

Infographiste : Marylène Gingras
Scanneristes : Éric Lépine, Michel Mercure

Illustration de la page couverture : Roselyne Cazazian
Réviseures-correctrices : Nathalie Ferraris, Marie-Hélène Cardinal,
Marie Théorêt

Les propos contenus dans ce livre ne reflètent pas forcément l'opinion
de la maison d'édition.

Remerciements
Gouvernement du Québec (Québec) – Programme de crédit d'impôt
pour l'édition de livres – Gestion SODEC.

L'Éditeur bénéficie du soutien de la Société de développement des
entreprises culturelles du Québec pour son programme d'édition.

Nous reconnaissons l'aide financière du gouvernement du Canada par
l'entremise du Fonds du livre du Canada pour nos activités d'édition.

Dépôt légal : premier trimestre 2013
Bibliothèque et Archives nationales du Québec
Bibliothèque et Archives Canada

ISBN (version papier) : 978-2-89703-102-2
ISBN (version ePub) : 978-2-89703-103-9

Un roman de
# Namasté

## LES ESPRITS FRAPPEURS

Maxime
Roussy

ÉDITIONS
LASEMAINE

# avertissement

Tu t'apprêtes à entrer dans un univers
où toutes tes certitudes seront mises à l'épreuve.
Un univers qui te semblera familier au départ,
mais qui deviendra vite angoissant.
Un univers d'une inquiétante étrangeté.
As-tu les nerfs assez solides pour t'abandonner
au thriller surnaturel *Les esprits frappeurs* ?
Les romans de la collection Grand-peur
sont réservés aux plus courageux des lecteurs.
En fais-tu partie ?
Sois honnête avec toi-même.
Il n'est encore pas trop tard pour
refermer ce livre.
Tu ne pourras jamais dire que tu n'as pas été
averti(e).

Par la présente, moi,

_____,

reconnais avoir lu l'avertissement ci-contre.

Et j'ai signé, à _____,

le _____

_____.

(Ceci étant dit, ce que tu tiens entre les mains
est beaucoup moins sordide et effrayant
que certains sites Internet sur lesquels tu es
accidentellement tombé(e).)

# prologue

T'est-il déjà arrivé qu'un évènement se produise sans que tu puisses en expliquer la raison ?

Par exemple, tu déposes un objet à un endroit : il disparait puis réapparait là où tu ne t'y attendais pas.

Ou encore, alors que c'est la canicule à l'extérieur et que toutes les fenêtres sont fermées, tu ressens un courant d'air qui te donne le frisson.

Ou bien, tu te sens épiée tandis que tu es seule à la maison.

Tout le monde vit, au moins une fois dans son existence, ce genre d'expérience étrange.

Celle-ci a au moins le mérite de faire une bonne histoire lors de fêtes déchainées ; entre deux gorgées d'eau de source pétillante, rien de mieux pour divertir tes invités qui ne manqueront pas, eux non plus, de partager leur rencontre avec l'inexplicable.

Tous parleront jusqu'à ce que quelqu'un jette un froid en avouant qu'il voue une affection malsaine au dentier de feue sa grand-mère, car la prothèse dentaire amovible lui prodigue de sages conseils dans les moments les plus sombres de sa vie.

Ces anecdotes sont intrigantes certes, un peu effrayantes, mais surtout insignifiantes : aussi vite racontées, aussi vite oubliées – sauf pour le gars qui voit dans le dentier de son aïeule un objet de culte. Celui-là, tu ne lui parleras plus jamais.

Ce qui t'entoure existe parce que tes cinq sens le détectent.

La vue, le toucher, l'odorat, l'ouïe et le gout t'ancrent dans la réalité.

Et s'il existait une autre dimension que tu n'arrives pas à percevoir puisque tu es limitée par tes cinq sens?

Qu'arriverait-il si, tous les jours et non pas une ou deux fois dans ta vie, tu étais victime de phénomènes inexplicables à la maison, sur le chemin de l'école ou pendant ton sommeil?

Ce ne serait plus drôle.

Encore moins divertissant.

En moins d'une semaine, tu voudrais t'arracher les cheveux – dans ce cas, songe à l'entraide et au recyclage en en faisant don aux CA, les Chauves Anonymes.

Tu te crois à l'abri des épisodes paranormaux?

C'est ce qu'Adèle croyait aussi, jusqu'à ce que...

# chapitre 1

Adèle Rivard, seize ans, s'assoit sur le lit qu'elle vient de faire et se laisse choir sur le dos.

La chambre est enfin prête.

Les meubles ont été époussetés, le plancher récuré et les draps lavés: la chambre sent maintenant bon la lavande.

L'adolescente pose ses mains derrière sa tête et observe le plafond qu'elle a peint la veille.

*Beau travail! Même si je déteste cette tâche et que j'ai encore de la peinture sous les ongles et sur les cheveux, je dois reconnaitre que je suis meilleure peintre que je ne le pensais.*

Adèle n'en revient toujours pas.

Dans quelques heures, le rêve de sa vie va se réaliser : elle va avoir une sœur!

À l'âge de six ans, la jeune fille avait dressé sa liste de cadeaux pour Noël.

Elle ne contenait qu'un seul élément : une petite sœur.

Pas un frère.

Surtout pas!

Elle trouvait les garçons trop tannants et immatures, surtout Gustave, le « grand » de troisième année qui lui avait révélé que la Fée des dents était une invention des adultes, de même que le lapin de Pâques.

Adèle voulait une sœur pour vivre une complicité qui n'existe que chez les filles et pour briser la solitude qui lui étouffait parfois le cœur.

Elle rêvait de tresser les cheveux d'une petite sœur, de lui appliquer du vernis à ongles, de lui faire porter des vêtements mignons et de la défendre au parc ou dans la cour d'école contre les sacripants qui s'en prendraient à elle.

Elle en était même venue à créer une sœur imaginaire qu'elle avait appelée Agathe : Adèle lui avait fait une place à la table, elle lui avait réservé un espace dans sa garde-robe et dans son lit, et elle s'était mise à lui parler, ce qui lui avait valu une visite chez un psychologue qui s'était fait rassurant en disant à ses parents que ce n'était qu'une lubie passagère.

Constatant que son attitude troublait son père et sa mère, Adèle avait interrompu graduellement ses comportements étranges.

Mais elle n'avait jamais arrêté, même adolescente, de parler dans sa tête à sa sœur imaginaire.

Agathe rassurait Adèle ; cette dernière n'était plus seule au monde.

En vieillissant, la jeune fille trouvait les gars toujours aussi immatures (sauf son amoureux, Renaud, bien entendu !) et son rêve de vivre avec une fille dont elle partagerait des liens de sang s'était enlisé jusqu'au cou dans la boue de la réalité.

Elle avait arrêté de harceler sa mère le jour où celle-ci lui avait expliqué qu'elle ne pouvait plus avoir d'enfant pour des raisons physiologiques.

– T'es un miracle, Adèle d'amour, lui avait dit sa maman. Tu n'étais pas supposée naitre, car ton père et moi n'arrivions pas à avoir d'enfant. On a essayé pendant cinq ans, puis on a lâché prise après plusieurs fausses couches. Et c'est à ce moment que tu as été conçue. Un miracle, c'est possible, mais pas deux.

À partir de ce jour, les parents d'Adèle avaient commencé à surnommer leur fille le « P'tit miracle ».

Comme Adèle était sage, elle avait retenu tout commentaire à propos d'une sœur, ce qui ne l'empêchait pas toutefois d'envier affreusement ses amies qui jouissaient de la présence d'une frangine.

Certaines de ses camarades de classe ne comprenaient pas les doléances d'Adèle.

Selon elles, « fille unique » constituait le statut idéal : Adèle avait toute l'attention de ses parents, personne ne lui empruntait ses vêtements ou des objets sans son consentement, elle n'était pas obligée de mettre les vêtements d'une autre, ses parents ne pouvaient pas la comparer avec un frère ou une sœur, elle ne vivait pas de jalousie ni de disputes épiques, elle bénéficiait de plus d'argent de poche pour les virées au centre commercial et elle se voyait plus gâtée.

Seule contre cette avalanche d'arguments, Adèle se taisait.

Malgré tout, elle savait qu'elle regretterait toujours de ne pas avoir une sœur : selon elle, les avantages de la sororité dépassaient de loin ses inconvénients.

Or, par un beau jour, son père lui avait dit qu'il avait une grande nouvelle à lui annoncer, une nouvelle qui allait changer sa vie.

Adèle avait tenté d'en savoir plus, mais son père avait refusé de lui dévoiler ne serait-ce qu'un indice.

Anticipant que la nouvelle pouvait être à la fois grande et mauvaise, Adèle avait passé de longues heures, surtout la nuit, à se questionner sur la nature de la révélation.

Grande était effectivement la nouvelle.

Mauvaise?

Adèle le saurait bien assez tôt.

# chapitre 2

Ayant remarqué que la relation entre ses parents était orageuse depuis quelque temps, Adèle s'était attendue à ce que son père lui annonce qu'il allait divorcer de sa mère.

C'était, selon elle, la raison pour laquelle son père ne désirait pas parler de la « grande nouvelle » en famille.

Autre signe inquiétant: question de la mettre le plus à l'aise possible, son père l'avait invitée dans son restaurant préféré.

*Ça y est, quelque chose va éclater.*

Alors qu'il consultait le menu, son père lança:

– Il y aura un nouveau membre dans notre famille.

*OMG! Non seulement mon père divorce de ma mère, mais il s'est fait une blonde! Je la déteste déjà...*

Adèle feignit le détachement.

– Ah oui? Comme quoi? Un nouveau grille-pain? C'est vrai que le nôtre commence à être vieux et bougon. Cette semaine, il m'a insultée avant de me livrer ma rôtie.

Le père d'Adèle rit.

Il remercia le serveur qui leur apportait des verres d'eau et dit:

– T'es bien assise?

Adèle fit oui de la tête, même si, mentalement, elle hurlait: «Nooon!»

*Mon père a trompé ma mère: voilà pourquoi elle n'est pas avec nous ce soir, et voilà pourquoi ils s'engueulent tout le temps!*

– Tu vas avoir une sœur.

La révélation laissa Adèle perplexe.

Une fois la stupéfaction passée, elle se rappela la propension de son père à verser dans la mauvaise blague.

– C'est pas une chose à me faire. Tu sais à quel point j'en ai toujours voulu une.

– Je sais. Je ne blague pas. Elle arrivera la fin de semaine prochaine.

Adèle resta sans voix.

Elle tenta de discerner chez son père une trace de sarcasme qui lui indiquerait qu'il faisait une blague de mauvais gout, catégorie dans laquelle il excellait.

Parfois, il allait trop loin, et, ne sachant pas quand s'arrêter, le potentiel d'humour de ses facéties, au départ faible, s'évaporait et laissait place à un malaise.

Adèle ne croyait toujours pas que son père disait vrai et décida de jouer le jeu :

– Si maman est enceinte, elle le cache bien.

Son père sourit.

– Elle porte des vêtements amples depuis cinq mois, tu n'as pas remarqué ?

Adèle prit une gorgée d'eau et croqua un morceau de glace.

– Je ne sais pas ce qui se passe avec toi, papa, mais ces derniers temps, t'es *weird*.

– *Weird*. Y'a pas de mot français qui existe ? Faut vraiment que tu en utilises un en anglais ?

– C'est celui qui définit le mieux ton comportement.

Effectivement, le mois dernier, Adèle avait remarqué que son père n'était plus le même.

Il était constamment d'une bonne humeur forcée, comme s'il ne voulait brusquer personne, surtout pas son épouse qui était toujours à cran.

– Eh bien, je t'assure que je ne suis pas *weird*, comme tu dis. On va devenir une famille d'accueil et héberger une fille qui a besoin d'un endroit serein pour vivre.

– Notre maison, un endroit serein ? Si t'arrêtes de faire des blagues poches, il y a peut-être une chance qu'elle le devienne.

Son paternel adopta un ton sérieux.

– Je ne blague pas. Dans quelques jours, on ne sera plus trois.

– C'est un bébé ?

– Non, pas du tout. Une adolescente comme toi. Elle a seize ans, elle aussi.

– Vraiment ? Tu ne me niaises pas ?

– Pas du tout.

L'adolescente lâcha prise.

– C'est tellement cool ! s'écria Adèle.

– Oui, comme tu dis, c'est cool. Tu vas être gentille avec elle, j'espère ?

– Gentille ? Bien plus que ça, je vais être adorable !

Adèle continua de broyer les cubes de glace tandis qu'elle songeait à l'extraordinaire – et improbable – nouvelle que son père venait de lui annoncer.

Quelques questions se mirent à lui trotter dans la tête.

– Elle s'appelle comment, cette fille ?

– Agathe.

La mâchoire de l'adolescente s'immobilisa.

– Naaan ?

– Je t'assure. Drôle de coïncidence, n'est-ce pas ?

*Agathe !? Le même prénom que celui de ma sœur imaginaire !*

– C'est incroyable, poursuivit Adèle. C'est pas comme si c'était répandu, comme prénom.

– Je sais. Il y a de ces hasards dans la vie qui ne s'expliquent pas.

– Je suis déstabilisée. Comment se fait-il qu'on devienne famille d'accueil ? Personne ne m'en a jamais parlé. Me semble que c'est le genre de chose qu'on discute en famille, non ?

– Oui, t'as raison. Mais tout s'est fait si vite. Il a fallu prendre une décision rapidement.

– Je ne m'attendais tellement pas à ça. Elle est comment, Agathe ? Pourquoi elle a besoin d'une famille d'accueil ?

Le père vida son verre d'eau et le déposa sur la table.

Il ne répondit pas aux questions de sa fille ; au contraire, il en provoqua d'autres en affirmant :

– Elle a vécu des choses vraiment difficiles. Horribles, même. Faudra que tu me promettes d'être vraiment gentille avec elle, d'accord ?

## chapitre 3

La curiosité d'Adèle était piquée :

– Des choses horribles ? Comme quoi ?

– Je ne peux pas t'en parler. C'est confidentiel.

– Papa, allez. Tu peux m'en dire un peu plus.

– Je suis désolé, mon P'tit miracle. C'est trop personnel. Peut-être qu'Agathe voudra t'en glisser un mot, mais j'ai promis de ne rien dire.

– Papounet, allez... Dis-moi juste quel genre d'horreur elle a subie. Elle a été battue ?

– Adèle, n'insiste pas, je ne dirai rien.

L'adolescente emprunta le ton le plus suppliant possible, sachant que son père y cédait souvent :

– Papouuunet... Allez...

– Adèle, c'est non. Ce sont des informations personnelles et confidentielles.

L'adolescente repoussa son verre d'eau.

– T'es poche.

Même si Adèle le bouda le reste de la soirée, technique qui avait fait ses preuves lorsqu'elle voulait arriver à ses fins, son père ne broncha pas.

Cela indiquait qu'il n'exagérait pas à propos d'Agathe.

Adèle se creusa la tête.

*Horrible ? Qu'est-ce qui a bien pu lui arriver ?*

*Je veux savoir !*

*Elle a eu un accident d'auto dans lequel ses parents sont morts ?*

*Dans ce cas, elle n'a pas d'oncle ou de tante qui pourrait l'accueillir ?*

*Pourquoi nous ?*

*Peut-être que toute sa famille revenait de la cabane à sucre dans un autobus scolaire, que le chauffeur est entré dans un coma diabétique après avoir vidé compulsivement toutes les chaudières d'eau sucrée accrochées aux arbres de la forêt, que l'autobus a roulé sur une mine antipersonnel et qu'Agathe a été la seule à survivre à cet « horrible » accident ?*

*Je ! Veux ! Savoir !*

*Maintenant !*

En arrivant à la maison, Adèle se réfugia dans sa chambre et claqua la porte le plus fort possible afin de faire savoir à son père à quel point elle était frustrée de ne pas avoir obtenu ce qu'elle voulait.

Habituellement, dans la minute qui suivait, il frappait à sa porte, repentant.

Mais cette fois, il ne le fit pas.

*Tant pis !*

*Mais s'il pense que je vais abandonner si facilement la partie, il se trompe.*

*Quand Adèle veut quelque chose, elle l'obtient !*

Comme chaque fois qu'elle avait besoin de réfléchir, Adèle se coucha sur son lit et posa son oreiller sur sa tête, laissant un petit espace à son nez pour respirer.

*Pour être une grande nouvelle, c'en est toute une.*

*Je n'aurais pas été plus surprise si mon père m'avait annoncé qu'il allait bientôt subir une opération pour devenir une femme.*

*Famille d'accueil, ça vient tellement de nulle part !*

*En plus, la fille s'appelle Agathe.*

*Une coïncidence presque effrayante!*

*On me consulte pour les vacances d'été, la décoration intérieure et pour un truc aussi ridicule que le beurre d'arachides – faible en gras ou non? – et pas pour un projet aussi gros?*

*La mauvaise humeur de maman ne serait donc pas liée à la grande nouvelle.*

*Si elle n'était pas d'accord avec l'idée de devenir famille d'accueil, elle n'avait qu'à dire non.*

*Que se passe-t-il donc?*

*Maman, c'est la bonne humeur incarnée.*

*Elle ne se fâche jamais.*

*Et du jour au lendemain, elle claque les portes, se dispute avec papa et travaille comme une folle pour ne pas passer de temps à la maison.*

*Mais est-ce que je veux vraiment savoir ce qui cloche?*

*Non.*

*J'ai déjà mes soucis et je me connais; si j'apprends ce qui se passe, ça va m'inquiéter.*

*Les adultes et leurs problèmes, ça leur appartient.*

*C'est déjà assez compliqué d'être adolescente!*

Adèle mit la main sur son téléphone cellulaire qui était posé sur sa table de chevet.

Normalement, elle le trainait toujours avec elle, mais son père lui avait interdit de l'apporter au restaurant parce qu'il ne voulait pas qu'elle passe la soirée à texter.

Elle avait reçu plusieurs messages, tous de son amoureux, Renaud, sauf un dont le numéro de téléphone ne lui disait rien du tout.

## chapitre 4

Adèle se mit à lire les textos de son amoureux avant de s'attarder à son interlocuteur mystérieux.

Renaud : *Tu savais que je t'aime ?*

Renaud : *Alors, cette grande nouvelle ?*

Renaud : *Tes parents se séparent ?*

Renaud : *Adou ? Pourquoi tu ne me réponds pas ?*

Renaud : *Adoooou !*

Renaud : *Tu m'inquiètes !*

Renaud : *Je viens de contacter les policiers.*

Renaud : *Tu devrais bientôt voir ton visage sur les panneaux lumineux bordant les autoroutes.*

Renaud : *Ne me quitte pas, surtout pas avant d'avoir terminé mon devoir de français. ;)*

Adèle pianote sur le petit clavier de son téléphone intelligent :

Adèle : *Pas de panique, Spoutnik. J'avais pas mon cellulaire avec moi.*

Renaud : *Amour de ma vie !*

Adèle : *Ouais, c'est mouaaa!*

L'adolescente se recoucha sur son lit.

Renaud : *Alors, cette nouvelle? Tes parents se séparent-ils finalement?*

Adèle : *Non, au contraire.*

Renaud : *Au contraire? Ils vont se remarier?!*

Adèle : *LOL. Pas du tout. On va devenir famille d'accueil!*

Renaud : *WTF?!*

Adèle : *J'ai eu la même réaction que toi. C'est cool! Une fille de mon âge, en plus.*

Renaud : *Biz.*

Adèle : *Oui, mets-en. Finalement, je n'aurai pas deux maisons.*

Renaud : *Ne désespère pas, il y a encore peut-être de l'espoir! C'est dur, la vie de couple.*

Adèle : *Je t'aime, même si t'es con des fois.*

Renaud : :-p

Adèle donnait toujours l'impression à Renaud de prendre à la légère la séparation possible de ses parents, mais cette idée lui avait fait passer plusieurs nuits blanches.

Avant il y a quelques semaines, elle n'avait jamais entendu ses parents se disputer.

Et lorsqu'il y avait un conflit, ce qui arrivait rarement, ils ne le réglaient jamais en présence de leur fille.

La majorité des parents des amies d'Adèle étaient séparés ou se disputaient constamment pour des broutilles.

L'adolescente était fière d'avoir des parents qui s'aimaient encore après dix-huit ans de vie commune.

Tout n'était pas toujours rose, bien entendu, mais leurs mésententes ne duraient jamais vraiment longtemps et ils n'impliquaient pas leur fille.

Puis, une nuit, Adèle fut éveillée par des cris.

Il était deux heures du matin et il lui fallut quelques secondes pour reconnaitre la voix de sa mère.

Jamais elle ne l'avait entendue parler si fort.

Hurler, en fait.

Les mots étaient étouffés par les murs et l'adolescente n'arrivait pas à les percevoir parfaitement.

Cependant, il était clair que sa mère était en colère.

La situation troubla profondément Adèle.

Elle se leva pour voir de quoi il s'agissait.

Lorsqu'elle apparut dans la cuisine, sa mère lui ordonna de retourner immédiatement dans sa chambre.

Adèle observa son père; il lui fit un sourire gêné.

Ses parents se déplacèrent dans le garage pour poursuivre leur discussion.

Ils s'engouffrèrent dans la voiture pour être surs qu'Adèle n'entende rien de leur engueulade.

*Je suis comme ma mère : je ne me mets jamais en colère.*

*On a beau se retrouver devant les situations les plus fâcheuses qui soient, on garde notre calme.*

*Il a fallu qu'il se produise un évènement très grave pour qu'elle pète les plombs.*

*J'ai beau me creuser la tête, je ne vois pas ce que ça pourrait être.*

Les jours suivants, ce fut la guerre froide dans la maison.

Les parents d'Adèle s'évitèrent.

Sa mère fit beaucoup d'heures supplémentaires et son père passa le plus clair de ses temps libres à frapper sur des clous dans le garage et à regarder la télévision.

Lorsqu'Adèle, pétrifiée à l'idée que ses parents divorcent, osa leur demander séparément ce qui se passait, sa mère lui répondit sèchement que ça ne la regardait pas.

De son côté, son père tenta de la rassurer en lui disant que tout allait bien.

Ainsi, lorsque ce dernier lui déclara le jour même qu'il avait une «grande nouvelle» à lui annoncer, elle était persuadée, compte tenu du contexte, qu'elle allait bientôt devoir choisir entre aller vivre chez son père ou chez sa mère.

Angoisse !

Le téléphone d'Adèle vibra.

C'était un autre message de son interlocuteur mystérieux.

Il n'y avait qu'un mot dans ce message, le même que dans le texto précédent : « Heureuse ? »

# chapitre 5

Adèle recevait parfois des messages textes de gens qui se trompaient de numéro de téléphone.

Ce n'était pas un phénomène extraordinaire ; ça arrivait aussi à ses amies.

Mais cela pouvait provoquer des situations étranges.

Par exemple, après avoir acheté son téléphone, Adèle reçut pendant quelques semaines des messages d'un inconnu de l'âge d'or qui s'était pris en photo devant un miroir. Sur sa poitrine, il avait rasé ses poils afin de créer le logo de Superman.

À de nombreuses reprises, Adèle dut dire à l'homme qu'il se trompait de destinataire et il s'excusa.

La dernière fois que la jeune fille entendit parler de lui, c'était aux nouvelles : on racontait qu'un homme d'un certain âge avait sauvé plusieurs individus d'une mort certaine lors d'un violent incendie. Cet homme avait été retrouvé torse nu, avec un S rasé dans les poils de sa poitrine...

Pour ne pas être importunée une troisième fois par l'inconnu qui lui écrivait « Heureuse ? », Adèle envoya un gentil message.

Adèle : *Salut, oui, je suis heureuse, merci de le demander, mais vous vous trompez de personne.*

La réponse arriva une minute plus tard.

Inconnu : *Désolée, je croyais parler à Adèle.*

Adèle : *Je m'appelle Adèle, mais je ne vous connais pas. Quel est votre prénom ?*

Inconnu : *Agathe. Ça te dit quelque chose ?*

Le cœur d'Adèle fit un tour sur lui-même.

*Agathe ! Ma nouvelle sœur !*

Adèle : *Oh, Agathe ! Oui, je sais qui tu es. Salut ! Qui t'a donné mon numéro ?*

Agathe : *C'est papa.*

Adèle : *Papa ? Quel papa ?*

Agathe : *Le nôtre, voyons ! T'en as d'autres ?*

*Woah, elle est vite en affaires ; elle appelle déjà mon père « papa » !*

Adèle : *Cool. Alors, tu déménages ici samedi ?*

Agathe : *Ouiii ! J'ai hâte !*

Adèle : *Moi aussi ! :-)*

*Pour une fille qui a vécu des « choses horribles », elle a le moral.*

Agathe : *Alors, heureuse ?*

Adèle : *De quoi ?*

Agathe : *D'avoir enfin une sœur.*

« *D'avoir enfin une sœur* » ? *Papa lui a parlé beaucoup de moi, je trouve, beaucoup trop même.*

Adèle : *Oui ! Et en plus, t'as mon âge.*

Agathe : *Ouais ! On va tripper ensemble.*

La discussion se poursuivit pendant plus de deux heures.

Adèle fut agréablement surprise : Agathe était drôle, allumée et faisait preuve d'autodérision, ce qui eut pour effet de chasser la nervosité qu'elle éprouvait à l'idée de partager son quotidien avec une fille qu'elle ne connaissait ni d'Ève ni d'Adam.

Adèle n'en revenait pas de s'entendre déjà si bien avec Agathe.

*Est-ce qu'on va tripper ensemble ?*

You bet, *Ginette !*

*Cette nouvelle relation va me permettre de faire le deuil de certaines anciennes amitiés et de repartir à neuf.*

*Cette fille est extra, même si elle appelle mon père « papa ».*

*C'est sûr que ça me dérange un peu.*

*Je n'ai jamais eu à le partager avec qui que ce soit, c'est peut-être pour ça que ça me trouble autant.*

*Mais est-ce qu'on peut vraiment en vouloir à Agathe ?*

*Elle n'a plus de famille.*

*Elle vit présentement les pires moments de sa vie; s'attacher si vite à papa est peut-être une manière pour elle de ne pas perdre la tête.*

*Je ne me suis pas aventurée ce soir, mais je compte lui demander ce qu'elle a vécu.*

*Elle cache bien son jeu.*

*Si c'était moi qui étais devenue orpheline du jour au lendemain, je serais démolie.*

*Je vais tout faire pour qu'Agathe se sente bien.*

*J'ai hâte à samedi!*

Alors qu'Adèle s'apprêtait à éteindre sa lampe de chevet, son téléphone vibra.

C'était Agathe: *J'ai hâte à samedi!*

*Whôaaa, bizarre, je pensais la même chose en même temps!*

*Enfin, je trouve en Agathe la sœur que je n'ai jamais eue!*

## chapitre 6

La semaine passa affreusement lentement.

Et malgré l'arrivée prochaine d'Agathe, ce qui, en principe, était une bonne nouvelle, la tension entre les parents d'Adèle se faisait toujours sentir.

*Il s'est passé quelque chose, c'est évident; mais quoi?*

*Je n'ai jamais vu ma mère dans un tel état.*

C'est une autre personne.

Je ne me rappelle même plus la dernière fois que je l'ai vue sourire.

Elle, habituellement si optimiste, a une tête d'enterrement.

Maman se dit heureuse d'accueillir Agathe, mais je sens chez elle une certaine réticence.

Et papa?

Il s'occupe de tous les détails en marchant sur la pointe des pieds pour ne déranger personne.

De toute manière, je ne veux pas savoir ce qui se passe.

J'ai posé une question une fois et je n'ai pas eu de réponse.

Je ne veux pas que mes parents discutent avec moi des détails intimes de leur vie de couple, comme le font certains parents de mes amies.

S'ils ont besoin d'aide, qu'ils consultent un psychologue.

Ils ne le savent pas, mais moi aussi, je vis des moments difficiles à l'école.

J'ai juste à penser à ce qui s'est produit lundi, à l'heure du dîner.

Au début de la semaine, Renaud et Adèle mangeaient paisiblement quand la jeune étudiante fut interpelée.

Lorsqu'elle se retourna, elle reçut au visage un pot de yogourt dont le contenu se répandit sur ses cheveux.

Une exclamation s'éleva parmi les centaines d'élèves assis dans la cafétéria.

Certains étaient indignés, d'autres riaient aux éclats.

– Ça va? demanda Renaud à sa copine.

Adèle fit oui de la tête et se dirigea, tête baissée et en courant, vers les toilettes des filles.

Renaud la rejoignit quelques instants après.

Adèle nettoyait les dégâts du mieux qu'elle pouvait à l'aide d'un morceau de papier brun mouillé.

– Va falloir que ça arrête, maugréa Renaud.

– Faut pas réagir, répondit Adèle. Si on se fâche, on va leur donner ce qu'ils veulent.

Une femme d'une cinquantaine d'années, ronde et courte sur jambes, entra dans la pièce.

C'était madame Oligny, l'une des surveillantes de l'école que les élèves avaient surnommée AMC, pour «Abominable monstre de la cafétéria».

Cette dame ne souriait jamais et peu d'élèves osaient la narguer, de crainte qu'elle les prenne en grippe.

Madame Oligny ne connaissait ni la diplomatie, ni la bonne humeur.

Une légende circulait à l'effet qu'elle avait déjà cassé le nez d'un élève en lui assénant un coup de plateau.

– Qu'est-ce qui s'est passé? demanda la surveillante.

– Ça va aller, dit Adèle qui tirait d'autre papier de la distributrice. C'était une blague.

– Ce n'était pas une blague, rétorqua Renaud.

Madame Oligny fit non de la tête.

– Il a raison. Une blague, c'est drôle. Tu dois porter plainte. Les caméras de surveillance ont tout filmé. Il faut punir le crétin qui t'a fait ça.

– Ou plutôt la crétine, ajouta Renaud.

– Ça va aller, redit Adèle en mouillant ses cheveux sous l'eau froide du robinet. Ça va aller...

Tout comme Renaud et madame Oligny, Adèle savait d'où venait l'attaque.

Depuis que Renaud et elle avaient rendu public leur amour mutuel, l'école s'était transformée en champ de bataille.

D'un côté, Adèle ; de l'autre, son ex-meilleure amie, Bianca.

Adèle avait été victime de crocs-en-jambe dans les corridors et on avait vandalisé son casier en y inscrivant des injures, puis on avait aspergé son sac d'école d'un liquide malodorant. L'adolescente avait aussi reçu des courriels anonymes de menaces et le mur personnel de sa page Fesse-de-bouc était devenu une arène où tous les coups à son endroit étaient permis.

Malgré elle, ses parents s'en étaient mêlés et avaient contacté la direction de l'école.

Résultat : Adèle avait hérité de la réputation de pleurnicharde et lorsqu'elle croisait l'un de ses agresseurs, il faisait semblant de pleurer en se frottant les yeux avec ses poings.

Adèle avait décidé de ne plus répliquer.

Quoi qu'on lui fasse, elle resterait imperturbable.

Sa tactique ?

Plus elle se laisserait faire sans réagir, plus rapidement ses bourreaux se lasseraient d'elle.

Elle connaissait très bien ses assaillants.

La meneuse de ces agressions incessantes avait été sa meilleure amie. Jusqu'au jour fatidique où Adèle avait commencé à fréquenter Renaud.

## chapitre 7

Adèle et Bianca se connaissaient depuis toujours.

Dès leur entrée à la garderie à l'âge de deux ans, elles s'étaient toujours suivies, que ce soit à l'école primaire ou secondaire.

Et jamais elles ne s'étaient éloignées l'une de l'autre.

En sixième année, leur enseignante les avait même surnommées les Siamoises, en référence à ces jumelles qui naissent fusionnées ensemble.

Adèle et Bianca formaient un duo d'adolescentes rapidement devenu maitre dans l'art de tuer ses temps libres de manière créative – certains diraient débile.

Elles seules possédaient le secret pour créer des activités hors du commun.

Au fil des ans, elles avaient, entres autres : écouté des chansons pour enfants à l'envers dans le but d'y découvrir des messages sataniques ; cuisiné des gâteaux impossibles en y ajoutant du ketchup, des pommes de terre, des sardines ou de la réglisse rouge, et les avaient mangés ; tenté d'avaler une cuillerée de cannelle ; confectionné une collection de vêtements pour les hamsters et essayé de les vendre sans succès à des animaleries.

De plus, elles s'étaient infligé mutuellement des coups de poing au visage pour voir de quoi elles auraient l'air avec un œil au beurre noir et elles s'étaient séparées dans un magasin à grande surface et avaient tenté de se retrouver en hurlant le prénom de l'autre.

Mais même si sa relation avec Bianca la comblait, Adèle se demandait souvent si une relation sororale lui apporterait encore plus de bonheur...

À l'âge de douze ans, Bianca vit ses parents se séparer, une situation qu'elle vécut durement.

Le divorce fut loin de se faire à l'amiable et chacun de ses parents tenta de lui laver le cerveau et de lui faire croire que son autre parent était un tueur en série en puissance.

Adèle avait été d'un soutien indéfectible pour Bianca.

Elle avait moult fois consolé sa meilleure amie qui était souvent en larmes et déchirée par une sale guerre entre deux individus qui se disaient adultes, mais qui agissaient comme des gamins cruels.

En observant ce manège absurde, Adèle s'était souvent demandé : « Comment deux personnes qui se sont tant aimées peuvent-elles en venir à se détester autant ? »

Au début de l'année scolaire, Adèle eut un commencement de réponse à sa question.

Dès le premier jour, un nouvel élève – un grand brun aux yeux verts – attira l'attention des deux amies.

Mais parce qu'elle fréquentait déjà un garçon de leur bande d'amis, Adèle n'émit aucun commentaire.

Cependant, elle trouvait le nouveau venu, Renaud, incroyablement beau et y rêvait même la nuit.

Son attirance envers l'élève lui fit vite délaisser son *chum* Kevin, un garçon un peu trop attiré par les casquettes portées sur le côté, le bronzage et les vulgarités.

Bianca aussi avait un œil sur le nouvel étudiant et elle fit tout ce qui était en son pouvoir pour intégrer Renaud dans leur groupe d'amis.

Après avoir réussi, elle entreprit une opération de séduction qui ne laissait aucun doute sur ses intentions.

– Tu crois qu'il m'aime ? demanda-t-elle un jour à Adèle.

– Je sais pas. Faudrait que tu lui demandes.

– Jamais ! S'il dit non, je vais mourir.

– Tu veux que je le fasse pour toi ? Genre, subtilement ?

– Tu ferais ça pour ta Siamoise ?

– Bien sûr.

C'est ainsi qu'Adèle s'était rapprochée de Renaud et qu'ils s'étaient mis à échanger en secret des textos dont le sujet n'était pas Bianca.

En plus de le trouver charmant à en avoir la chair de poule, Adèle découvrit qu'Arnaud avait beaucoup d'humour et de classe.

Comme Adèle se sentait coupable d'être amoureuse du prétendant de sa meilleure amie, elle tentait de ne pas l'aimer.

Mais elle n'y parvenait pas.

*Je ne peux pas faire ça à Bianca.*

*Elle est amoureuse de Renaud ; elle m'en parle tous les jours depuis qu'elle l'a vu la première fois.*

*Je suis la pire amie qui soit.*

*Mais en même temps, c'est plus fort que moi.*

*Je ne peux juste pas m'empêcher d'aimer Renaud.*

*Je n'ai jamais ressenti autant d'émotions pour une personne.*

*C'est comme s'il m'avait ensorcelée.*

*Eh puis, j'hallucine ou il lui arrive de flirter avec moi ?*

*Il n'arrête pas de me dire : « Si t'étais intéressée par moi, on pourrait faire ci et ça. »*

*Je déteste être dans ce genre de situation.*

Un samedi soir, alors que le trio prenait part à une fête qui se tenait chez une fille de la bande, il se produisit un évènement qui allait à tout jamais sceller le sort des trois adolescents.

# chapitre 8

Cette soirée-là, voyant que sa Siamoise s'était rapprochée de son soupirant, Bianca demanda à Adèle s'il lui parlait d'elle parfois.

– Oui, répondit Adèle. Il te trouve gentille.

– Juste gentille ? Pas plus ?

– Je trouve que c'est un bon départ, fit Adèle en empruntant le ton le moins suspect possible. Est-ce que tu préfèrerais qu'il dise que t'es aussi attirante qu'une bossue à barbe ?

– Ouais, j'aimerais tellement ça. Je niaise pas, Adou. Je veux qu'il soit amoureux de moi comme je suis amoureuse de lui. Tu as fait des approches ?

Adèle s'étouffa de nervosité.

*Schnoute, est-ce qu'elle se doute de quelque chose ?*

– Eh bien, euh, que veux-tu dire par « approches » ?

– Tu sais, lui parler de moi pour voir si j'ai des chances.

*Ouf!*

– Je te l'ai répété cent fois. Je peux pas le forcer à me dire qu'il est fou de toi.

– Argh! J'ai horreur d'être dans cette position-là. Je suis folle de lui! S'il ne m'aime pas, mon petit cœur va mourir…

Bianca continua de se plaindre :

– Pourquoi, quand je trippe sur un gars, il ne trippe pas sur moi? Pourquoi l'amour, c'est comme la loterie?

– Peut-être qu'il trippe sur toi, sauf qu'il garde ça secret. Exactement comme tu le fais. Vous avez genre les mêmes numéros de loto, mais vous ne le savez pas.

– Alors pourquoi il ne me fait pas de déclaration?

– Pourquoi tu ne lui en fais pas une?

– Parce que j'ai peur qu'il me dise non. Je vais être *full* humiliée.

– Il pense peut-être la même chose.

– Arrête de dire ça, tu ne m'aides pas!

Après cette conversation, Adèle passa les heures suivantes à se sentir affreusement coupable.

La dernière personne qu'elle voulait trahir était sa meilleure amie.

*Et pourtant, c'est ce que je fais!*

*Ça me rend malade…*

Il faut dire que la relation entre l'adolescente et Renaud s'était intensifiée : les textos qu'ils échangeaient chaque soir se comptaient par centaines.

Adèle avait pris l'habitude de s'endormir tard dans la nuit en tenant son cellulaire sur son cœur et en se remémorant les mots doux que Renaud lui avait envoyés.

Il était entendu qu'ils devaient garder leur relation d'amour naissante secrète pour ne pas créer de séisme.

Aussi, Adèle refusait d'échanger un premier baiser avec Renaud par fidélité pour Bianca.

Elle ne souhaitait surtout pas déchainer les feux de l'enfer.

À l'école, Renaud et Adèle se frôlaient par exprès, ce qui procurait à cette dernière des sensations divines jamais expérimentées auparavant.

Puis vint ce fameux samedi soir.

Dans la pénombre du sous-sol, les adolescents dansaient au rythme du dernier succès d'un DJ célèbre.

Renaud glissa sa main sous le chandail d'Adèle et caressa le bas de son dos.

Prise d'une violente bouffée de chaleur, celle-ci sortit de la maison pour se rafraichir les esprits.

Le dos appuyé contre le mur de la maison, Adèle leva les yeux vers le ciel et observa les milliers d'étoiles qui étaient à des années-lumière d'elle.

Renaud apparut.

– Ça va ? demanda-t-il.

– Non, ça va pas. C'est trop intense. Je capote. Je ne peux pas lui faire ça.

Renaud s'approcha d'Adèle et se plaça devant elle.

– Je vais t'embrasser.

– Non, ne fais pas ça. Ça va me rendre folle.

Renaud ne l'écouta pas.

Il pencha sa tête et déposa délicatement ses mains sur les hanches d'Adèle.

Elle ferma les yeux et murmura :

– Non, Renaud, non...

Lorsque l'adolescent posa ses lèvres sur les siennes, Adèle crut s'envoler dans le ciel.

## chapitre 5

Le hasard peut être cruel : le soir même du premier baiser passionné échangé entre Adèle et Renaud, Bianca décida de passer en mode offensif.

Après des semaines de tergiversations, elle souhaitait enfin avouer ses sentiments à Renaud.

Il était célibataire, gentil, beau à faire fondre un iceberg et il lui semblait même qu'il flirtait parfois avec elle.

En plus, ils avaient échangé quelques textos sympathiques et l'adolescent ne la rejetait pas.

Bon, il est vrai que Renaud prenait une éternité pour lui répondre, ce qui rendait Bianca morte d'inquiétude.

Elle se disait : « Est-ce que je viens d'écrire une niaiserie ? Me semble que s'il était amoureux de moi, il me réécrirait plus vite. Peut-être qu'il me trouve *gossante* et que c'est pour ça que c'est long ? »

Lorsqu'elle demandait à Renaud pourquoi il prenait autant de temps pour lui répondre, il disait simplement que c'était certainement le cas de 95 % des gars avec qui elle textait.

Bianca se rassurait toutefois : Renaud pouvait prendre cinq minutes, une heure ou douze pour répliquer, l'important était qu'il ne laissait jamais ses textos lettre morte.

Une impression désagréable poussa également Bianca à agir : depuis quelque temps, surtout depuis qu'elle n'était plus avec Kevin, Adèle semblait se rapprocher de l'élu de son cœur.

Bianca pensait : « Elle sait à quel point j'aime Renaud ; je doute fort qu'elle essaie de me le piquer. C'est ma Siamoise ! Une fille ne ferait jamais ça à sa sœur… Mais j'ai aussi peur de la réaction de Renaud. Et s'il tombait amoureux d'elle ? Je dois l'en empêcher. »

Ainsi, pendant la fête, Bianca prit son courage à deux mains et demanda à Renaud de lui parler en privé.

Le cœur battant, elle l'entraina au rez-de-chaussée, dans la salle de bains.

Quelques instants plus tard, Renaud en sortit.

Bianca referma la porte, la verrouilla et s'assit sur la cuvette rabaissée de la toilette.

Son pire cauchemar venait de se réaliser.

Elle éclata en sanglots.

Alertée par Renaud, Adèle se précipita vers sa meilleure amie pour la consoler ; situation étrange, à la limite de l'indécence.

Renaud avait dit à Bianca qu'elle était une fille super chouette, mais qu'il était amoureux d'une autre.

« Une fille extra », avait-il ajouté, sans penser vexer Bianca.

Adèle en fut quitte pour une nausée existentielle qui dura plusieurs jours.

Au bout de longues heures de réflexion, alors qu'elle tentait de remonter le moral de sa meilleure amie, Adèle décida de mettre fin à sa relation secrète avec Renaud.

*Je ne peux juste pas sortir avec Renaud.*

*Bianca est anéantie par sa peine d'amour et je suis le bâton de dynamite qui a fait exploser son cœur.*

*C'est un amour impossible.*

Un soir, après être revenue de chez Bianca, Adèle décida d'écrire un texto à Renaud pour lui expliquer sa décision.

Elle constata alors qu'elle avait oublié son téléphone cellulaire chez sa Siamoise.

*Pas grave, Bianca va me le remettre demain à l'école.*

*Et mon téléphone est protégé par un mot de passe : jamais elle ne pourra lire les messages que Renaud et moi nous sommes envoyés.*

*Et puis un texto pour casser, c'est nul.*

*Je vais parler de vive voix à Renaud.*

*S'il m'aime vraiment, il va comprendre.*

Le lendemain matin, Bianca remit effectivement à Adèle son téléphone cellulaire dans l'autobus.

Mais en le lui lançant.

Et en la submergeant d'une vague d'insultes et de reproches dans laquelle Adèle avait du mal à reprendre son souffle.

– Comment t'as osé ? ! T'étais ma sœur !

Adèle n'avait sincèrement aucune idée de ce qui se passait.

– De quoi tu parles ! ?

– Fais pas l'innocente. J'ai lu tes textos.

En moins d'une seconde, le visage d'Adèle se vida de son sang et devint translucide de honte.

Bianca avait deviné son mot de passe.

N'ayant aucune excuse à offrir, Adèle, défaite, sortit de l'autobus, même si elle n'était pas encore arrivée à destination.

C'est ainsi que la relation entre Bianca et Adèle passa du mode « meilleures amies du monde » à celui de « pires ennemies ».

Renaud parvint à convaincre Adèle que tout ce branlebas de combat devait servir à quelque chose ; c'est pourquoi, selon lui, ils devaient former un couple officiellement.

Sinon, cette rupture d'amitié n'aurait aucun sens.

Ainsi, Adèle prouverait à Bianca que son amour pour Renaud est authentique et peut-être qu'elle lui pardonnerait d'être tombée amoureuse du même garçon qu'elle une fois sa colère passée.

Mais Bianca, profondément blessée, resta à l'étape de la rage.

Elle déclara alors la guerre à la personne de qui elle était autrefois la Siamoise.

## chapitre 10

L'arrivée d'Agathe dans la vie d'Adèle comblait deux de ses besoins : celui d'avoir une « sœur » avec qui partager son quotidien et celui d'avoir quelqu'un à qui parler à l'école, qui avait son âge et qui était du même sexe.

Car depuis qu'elle s'était disputée avec Bianca, Adèle ressentait le vide autour d'elle.

Comme si un aspirateur géant avait absorbé toutes les relations d'amitié qu'elle avait créées au fil des ans.

Tous les membres de son ancienne bande d'amis la regardaient avec mépris, Kevin en particulier, son ex-petit copain, qui s'était fait prendre à écrire des obscénités à son sujet sur un mur de la cage d'escalier.

La direction de l'école avait vite mis la main sur l'adolescent qui avait signé son œuvre et inscrit au marqueur rouge permanent: « Adèle R. è une toutoune ki puze le fromage. »

Kevin se demandait sérieusement comment la direction avait fait pour le coincer, même s'il savait qu'il était le seul élève à faire une faute d'orthographe dans son propre prénom.

Mais les stupidités infantiles de Kevin n'étaient rien en comparaison de la hargne de Bianca.

Moins de vingt-quatre heures après l'affrontement dans l'autobus, cette dernière avait utilisé tous les moyens dont elle disposait pour faire connaitre son opinion au sujet de la sorcière qui l'avait flouée.

Pour maximiser son impact, elle demanda au reste de la bande de s'impliquer.

Les murs de Fesse-de-bouc des amis de Bianca furent envahis de commentaires disgracieux dont Adèle était la cible.

On disait qu'elle était une voleuse de *chum*, une hypocrite et une chipie, mais en des mots beaucoup plus crus.

Suivirent des courriels haineux envoyés à Adèle, anonymes bien entendu, qui disaient tout le mal que les expéditeurs pensaient d'elle.

L'adolescente désactiva tous ses comptes de médias sociaux et changea d'adresse courriel.

Elle ne se plaignit à personne du harcèlement dont elle était victime pour éviter d'attiser la colère de ses ennemis.

*Et voyant que je ne réagis pas, ils vont arrêter leur massacre.*

*En ne répliquant pas à leurs agressions, je leur montre qu'ils ne m'atteignent pas.*

*Je veux leur prouver que je suis plus forte qu'eux et leur démontrer que l'amour entre Renaud et moi est indestructible.*

Ces vœux pieux n'empêchèrent pas Adèle de verser des torrents de larmes une fois la porte de sa chambre fermée.

C'était un moment pénible à vivre.

Il lui semblait que tous les élèves qu'elle croisait à l'école, même ceux qu'elle ne connaissait pas, la jugeaient.

Pendant la semaine, la levée du corps lui était pénible.

Plusieurs fois, l'idée de ne pas se rendre à l'école jeta l'ancre dans son esprit.

Mais elle ne pouvait pas se permettre de prendre une pause de ce continuel harassement.

*Je suis plus forte que Bianca.*

*Ses manigances pour me faire perdre la tête ne vont pas fonctionner.*

*Oui, je suis dévastée, parce que je sais qu'au fond de moi ce n'est pas par méchanceté ni par jalousie que je me suis rapprochée de Renaud.*

*Et même si j'ai fait des efforts considérables pour ne pas l'aimer, je n'ai pas pu m'en empêcher.*

*Parce que l'amour est plus fort que tout.*

Depuis qu'elle avait lu les textos d'Adèle, Bianca avait changé du tout au tout.

Habituellement souriante, détendue et conciliante, elle était devenue revancharde, mesquine et imprévisible.

Quant à Adèle, c'est au moment d'aplatir ses cheveux devant le miroir de sa chambre, dernière étape de sa préparation matinale, qu'elle angoissait le plus.

*Qu'est-ce que Bianca me réserve aujourd'hui?*

*Depuis que je sors avec Renaud, chaque jour, elle m'humilie.*

*Qu'est-ce qu'elle peut faire de plus que de demander à ses amis de me lancer un pot de yogourt en pleine face dans la cafétéria?*

*J'ai peur.*

*Mais je ne dois pas le montrer parce que, comme un boxeur à la vue du sang que commence*

*à verser son adversaire, elle va me frapper encore*
*plus fort jusqu'à ce que je tombe et ne puisse plus*
*me relever.*

Adèle l'ignorait, mais ce qui l'attendait à
l'école ce matin-là allait avoir l'effet d'un direct
au menton qui allait la mettre K.-O.

## chapitre 11

Même si elle l'avait maintes fois supplié,
Adèle ne put accompagner son père pour aller chercher Agathe au centre jeunesse où elle résidait
depuis un mois.

– Pourquoi ? Allez, papa !

– Non. Je t'ai dit qu'il ne fallait pas la brusquer.

– Voyons ! Je ne vais pas la brusquer ! Tu
penses quoi ? Que dès que je vais la voir, je vais lui
tirer les cheveux et lui frapper la tête sur un mur ? !

Malgré les vives protestations de sa fille, le
père ne céda pas.

Grâce aux centaines de textos qu'elles avaient
échangés, Adèle n'avait pas l'impression qu'Agathe
était troublée, bien au contraire.

Elle était optimiste, drôle et espiègle.

Agathe avait elle aussi toujours rêvé d'avoir
une sœur ; elle avait même écrit à Adèle que dans
son cœur, elle sentait qu'une sœur lui était destinée
et que ce n'était qu'une question de temps avant
qu'elle la rencontre.

Pour Adèle, la seule ombre au tableau consistait dans le fait que, sans même avoir passé une journée au sein de la famille, Agathe appelait toujours son père « papa », alors que lorsqu'il était question de sa mère, elle changeait immédiatement de sujet.

*Il y a une raison pour laquelle Agathe ne veut jamais parler de maman, mais laquelle ?*

*Pourtant, elle a eu son mot à dire autant que papa au sujet de son arrivée dans notre maison !*

*Selon elle, papa est son sauveur tandis que maman n'existe tout simplement pas.*

*Je n'ose pas lui demander pourquoi, de crainte de la blesser.*

*Je ne sais pas combien de fois papa m'a dit qu'Agathe avait vécu des choses « très difficiles ».*

*Plus tard, on abordera le sujet.*

*Rien ne presse…*

La journée de l'arrivée d'Agathe, Adèle resta donc à la maison seule, puisque sa mère bossait en raison d'une « surcharge de travail ».

*C'est la première fois, si mes souvenirs ne me trahissent pas, que maman n'est pas en congé un samedi.*

L'adolescente n'était pas dupe : il y avait anguille sous roche.

Sa mère n'avait pas plus de travail; elle ne voulait tout simplement pas être là quand Agathe mettrait les pieds dans la maison.

Angoissée, ayant rongé ses ongles jusqu'au sang, Adèle appela son amoureux qui, tel un chevalier servant, accepta de lui tenir compagnie pour accueillir le nouveau membre de sa famille.

La vie d'Adèle, depuis quelques semaines, était devenue un mauvais rêve dont elle n'arrivait pas à s'extirper.

Hormis la tension entre ses parents, sa bande d'amis à l'école l'avait jetée aux rebuts comme une vulgaire peau de banane et Bianca faisait preuve d'une imagination sans borne pour l'humilier.

D'ailleurs, sa dernière tentative avait réussi; à la suite de l'incident du pot de yogourt, Adèle n'était pas retournée à l'école et sa mère dut intervenir auprès de la direction afin de faire cesser ce harcèlement systématique.

Adèle n'avait pas voulu porter plainte: il fallut que sa mère insiste au point où la discussion s'envenime et se transforme en dispute.

La jeune fille avait finalement abdiqué, à la condition que sa mère ne contacte pas les parents de Bianca.

Sa mère avait accepté l'entente, croyant que le simple fait de discuter avec la direction allait tout régler.

Adèle savait que ça n'allait pas être le cas.

*Bien sûr, à l'école, on va me laisser tranquille.*

*Mais les attaques de Bianca deviendront encore plus vicieuses.*

*Je suis bien placée pour savoir que lorsqu'elle a une idée dans la tête, elle ne l'a pas dans les pieds.*

*Rien ne peut l'empêcher de m'envoyer des textos d'insultes et de faire des appels anonymes.*

*Changer de numéro de téléphone la poussera à devenir plus créative.*

*Mon amour pour Renaud l'a transformée en animal assoiffé de sang qui n'a qu'un mot en tête: vengeance.*

*Je me demande qui est la plus folle des deux: elle qui ne cesse de me harceler ou moi qui continue de sortir avec l'élu de son cœur?*

*Et comme si ce n'était pas assez, mes parents n'ont jamais été aussi distants.*

*Il y a une ambiance de* schnoute *dans la maison.*

*J'espère juste que la venue d'Agathe ne va pas empirer la situation.*

*Je n'ai vraiment pas besoin de ça.*

C'est alors qu'on sonna à la porte.

Adèle s'y précipita, croyant qu'il s'agissait de son *chum.*

Lorsqu'elle ouvrit, elle resta bouche bée.

# chapitre 12

Alors qu'elle pensait accueillir Renaud, Adèle se retrouva face à face avec... elle-même.

Comme si on avait posé un miroir derrière la porte.

– Adèle? lui dit son reflet.

Un clignement de yeux plus tard, la nouvelle venue n'était plus la même: il s'agissait d'une adolescente au teint de pêche, aux longs cheveux bruns et ondulés, dont le sourire faisait saillir les pommettes.

Dans chacune de ses mains, elle portait une valise.

– Adèle? demanda-t-elle de nouveau.

– Oui, dit Adèle.

L'adolescente posa ses bagages, s'approcha et ouvrit les bras.

– C'est moi, ta sœur!

Agathe colla sa poitrine contre celle d'Adèle et la serra dans ses bras.

– Je suis si heureuse d'être ici, chuchota Agathe.

Le père fit son entrée dans la maison avec une lampe aux motifs de princesse sous le bras et un couvre-lit sous l'autre.

– Oh, je vois que vous avez déjà fait connaissance, dit-il.

– On se connait bien, répondit Agathe. On s'est échangé, genre, dix-mille textos.

– Ah oui, c'est vrai!

Le père regarda sa fille.

– Alors, mon P'tit miracle, tu vas lui montrer sa chambre?

– Ton p'tit miracle? roucoula Agathe. C'est tellement mignon comme surnom! J'espère que tu vas m'en trouver un aussi génial.

Voyant Adèle immobile, son père l'interpela.

– Est-ce que ça va?

– Oui, oui. C'est juste que c'est, euh, beaucoup d'émotions.

*Beaucoup d'émotions parce qu'en voyant Agathe, j'ai eu l'impression pendant une demi-seconde que c'était moi...*

*Tellement* weird!

Adèle poursuivit:

– Et je ne pensais pas que vous alliez arriver si tôt. Je croyais que c'était Renaud.

Agathe reprit ses valises.

– Ah, ce fameux Renaud! J'ai bien hâte de le rencontrer. Alors, tu me montres ma chambre?

Le père déposa la lampe de chevet et la couette sur le canapé.

– Adèle a travaillé tellement fort.

Cette dernière trouva que son père exagérait.

– Pas si fort, quand même. J'ai peint et j'ai un peu décoré, c'est tout.

– Je suis certaine que ce sera parfait, dit Agathe.

– T'as besoin d'aide pour transporter tes trucs ? demanda Adèle. Elles ont l'air lourdes, ces valises.

– Oh, merci. T'es tellement fine.

Les deux adolescentes empoignèrent chacune une valise et Adèle montra sa chambre à Agathe qui s'extasia comme s'il s'était agi d'une œuvre-d'art du Moyen-Âge parfaitement préservée.

– Wow, je capote, dit-elle en posant son bagage. C'est malade mental ! T'es tellement gentille, c'est fou…

– Merci, mais c'est pas grand-chose. Viens, je vais te faire visiter les autres pièces de la maison.

Sur ces entrefaites, Renaud arriva.

Il tendit la main à Agathe et dit :

– C'est fou comme vous vous ressemblez !

– Tu trouves ? demanda Adèle.

– Ouais, vraiment. Pendant un instant, je vous ai confondues.

– C'est normal, répondit Agathe en prenant la main de Renaud, on est sœurs ! C'est donc toi qui fais battre le cœur de la belle Adèle ?

– Ouais. Moi et les impulsions électriques de son cerveau.

Agathe ricana.

– T'es drôle, toi. On va bien s'entendre ; j'adore les gars qui ont le sens de l'humour.

Tout de suite, elle se tourna vers Adèle :

– Je veux dire « adorer » dans le sens d'apprécier. Je vais pas te voler ton *chum*. Pas tant que tu ne m'en donneras pas la permission ! Je ne peux pas faire ça à ma sœur…

Renaud s'esclaffa, mais pas Adèle.

La dernière intervention d'Agathe ramena les paroles de Bianca à son esprit : « Des sœurs n'ont pas le droit de se faire ça ! »

Adèle chassa cette idée en répliquant à Agathe :

– Je vais te le prêter juste pour aller chercher des objets en hauteur.

– D'accord, répondit Agathe. Est-ce que le septième ciel, c'est haut ?

Les trois adolescents s'esclaffèrent.

C'est alors qu'Adèle vit Agathe faire un clin d'œil à Renaud.

## chapitre 13

Le dimanche soir, couchée dans son lit, le regard fixé sur les pales de son ventilateur, Adèle souriait de bienêtre.

Avec Agathe, tout s'était bien passé.

Trop bien, même.

À tel point qu'Adèle avait peur que l'harmonie ne soit que de courte durée.

*Ça a tellement bien été que les choses ne peuvent que mal aller!*

*Je suis tellement défaitiste...*

*Pourquoi cette belle relation ne pourrait-elle pas durer?*

Au début, Adèle trouvait qu'Agathe rôdait dangereusement autour de Renaud.

Comme si elle l'analysait pour mieux déterminer comment le charmer.

Après l'accès de jalousie qu'elle avait ressenti lorsqu'Agathe avait demandé à Renaud s'il avait un jumeau avec qui elle pourrait sortir, Adèle s'était raisonnée.

*Elle est aussi comme ça avec moi ; elle ne cesse de me complimenter, de me dire que je suis belle et que je suis intelligente.*

*C'est une fille charmante qui aime développer des complicités, voilà tout.*

*Et Renaud n'a pas donné l'impression qu'il la trouvait de son gout.*

*Je n'ai pas à me sentir menacée.*

*La jalousie est un poison que je ne laisserai pas circuler dans mes veines.*

Cette première rencontre s'était si bien passée que même la mère d'Adèle avait fait d'authentiques efforts pour être de bonne humeur.

Elle était toujours froide avec son mari, mais douce avec Agathe qui, en retour, affichait une politesse glaciale.

Tout le monde marchait sur des œufs, ne sachant pas si l'harmonie qui s'était installée était fragile.

Lors du diner du dimanche, le père d'Adèle avait reconnu qu'il y aurait surement des moments plus difficiles, mais que tous devaient se donner le temps de se connaitre.

Il fallait être compréhensifs les uns avec les autres et, surtout, ne jamais arrêter de communiquer.

La seule qui semblait profondément troublée par la venue d'Agathe était Gertrude, la perruche d'Adèle.

Chaque fois qu'Agathe s'approchait de lui, l'oiseau volait dans tous les sens en hurlant et en se heurtant aux barreaux de sa cage, paniqué comme si un chat y était entré.

– Je sais pas ce qui se passe, dit Adèle. Elle est super sociable, habituellement.

Agathe ouvrit la porte de la cage et fit entrer sa main.

– Relaxe, Gertrude.

La perruche était habituée de se laisser caresser.

Pas cette fois.

Elle était tout au fond de sa cage, prostrée dans un coin, la poitrine se soulevant et se rabaissant à une vitesse folle.

– Eh bien, dit Agathe, voilà la preuve que j'ai vraiment mauvaise haleine !

Adèle ricana.

Elle ne pensa plus à Gertrude jusqu'au lendemain, lorsqu'elle constata qu'elle n'avait pas mangé.

Adèle tenta de nourrir l'oiseau à la main, sans succès.

Elle en parla à son père qui lui dit de ne pas s'inquiéter, que tout allait rentrer dans l'ordre.

Plus que le comportement étrange de sa perruche, une chose intriguait Adèle : Agathe n'appelait son père « papa » que lorsque sa mère n'était pas dans les parages.

Lorsque cette dernière était présente, elle utilisait son prénom.

C'était le seul irritant qu'avait noté Adèle.

Pour le reste, elle avait subi un coup de foudre d'amitié pour Agathe.

Le samedi soir, après le départ de Renaud, Adèle et Agathe se couchèrent aux alentours de minuit.

Dix minutes plus tard, Agathe entra dans la chambre d'Adèle.

– Je peux dormir avec toi ? J'ai froid.

Même si Adèle n'avait qu'un lit jumeau, elle accepta qu'Agathe vienne la rejoindre.

Elle lui céda la place qu'avait occupée pendant très longtemps sa sœur imaginaire.

Agathe n'avait pas froid : elle était frigorifiée.

Comme si ses mains et ses pieds avaient passé quelques heures au congélateur.

Du mieux qu'elle le put, Adèle tenta de réchauffer Agathe.

– Pourquoi t'as si froid ? demanda Adèle en chuchotant.

– Parce que j'ai peur.

– Peur de quoi ?

– Peur que vous m'abandonniez.

Une vague de compassion envahit Adèle.

Elle serra Agathe tout contre elle et lui dit :

– Je ne t'abandonnerai jamais. Je te le promets.

# chapitre 14

La discussion entre les deux adolescentes dura jusqu'aux petites heures de la nuit.

Agathe s'endormit, mais Adèle resta longtemps éveillée, troublée par les révélations que sa nouvelle amie lui avait faites.

Après avoir entendu Adèle lui promettre de ne jamais l'abandonner, Agathe était restée silencieuse pendant quelques instants puis avait marmonné :

– Tu vas m'abandonner.

– Pourquoi tu dis ça ?

– Parce que...

Puis elle s'était tue.

Ses pieds et ses mains n'avaient pas semblé se réchauffer, bien au contraire.

– Pourquoi tu dis que je vais t'abandonner ?

– Laisse faire.

– Non. Je veux savoir.

Malgré l'obscurité, Adèle avait remarqué qu'Agathe avait les yeux fermés.

Cette dernière avait fait dos à Adèle, qui avait senti le besoin de la rassurer.

– Je ne vais jamais te laisser tomber. Jamais.

– Si tu savais...

– Si je savais quoi ?

– On m'a fait cette promesse je ne sais combien de fois. Personne ne l'a tenue.

Adèle s'était tue, sentant que le silence pourrait inciter Agathe à parler.

Elle avait eu raison.

– En fait, y'a que mes demis qui ne m'ont jamais laissé tomber.

– Des amis ?

– Non. Mes demis.

– C'est quoi, des demis ?

– Eh bien, c'est comme des amis. Mais ils sont loin.

– Oh... Désolée de l'apprendre.

– Ne sois pas désolée, ils sont si loin qu'on ne s'est jamais vus en personne.

– Ah oui ? Je ne comprends pas.

– Laisse faire.

– Non. Explique-moi.

– Tu vas penser que je suis folle.

– Non, voyons. Je ne vais jamais penser ça.

Agathe s'était retournée ; son haleine sentait le dentifrice à la menthe.

– J'ai passé ma vie à déménager d'une famille d'accueil à l'autre. Je crois que depuis que j'ai treize ans, j'en ai fait une quinzaine.

– Quinze !

– Oui. La travailleuse sociale m'a donné le nombre exact, mais je ne m'en souviens plus ; je sais par contre que ça ressemblait à ça.

– C'est terrible. Pourquoi tant de familles ?

– J'ai toujours été rejetée. Je suis comme un chat noir la nuit ou un vendredi 13. Je porte malchance.

– T'exagères. Tes demis, comme tu dis, tu ne leur portes pas malheur. Tu ne les a jamais vus parce que tu as déménagé souvent ?

– Oh, non. Ils sont toujours avec moi.

*« Toujours », c'est une manière de parler.*

*Elle veut surement dire qu'ils sont avec elle en pensée.*

– C'est super, avoir des amis comme ça. T'es chanceuse.

– Ce ne sont pas des amis, je t'ai dit. Mais t'as raison, je suis heureuse de les avoir.

Adèle avait réfléchi et ajouté :

– Il y a quelque chose que je ne saisis toujours pas. Pourquoi tu n'as jamais vu tes demis et comment peuvent-ils être si proches de toi ?

– Ce sont des esprits. Certains sont morts depuis vingt ans.

Un frisson d'horreur avait parcouru la colonne vertébrale d'Adèle.

– Tu es... tu as genre créé des liens avec des morts ?

– Oui, en quelque sorte.

Ça avait été au tour d'Adèle d'avoir soudainement très froid.

– Et tes demis, ils sont où, présentement ?

– Ici, dans ta chambre. Ils nous observent...

## chapitre 15

Adèle tendit péniblement son bras pour faire taire son réveille-matin qui lui hurlait dans les oreilles qu'il était l'heure de se lever.

L'adolescente succomba au dangereux plaisir de peser sur le bouton *snooze*, même si elle savait qu'elle allait le regretter et devoir tout faire à la vitesse grand V pour arriver à l'école à l'heure.

Elle avait dormi très peu, trois heures tout au plus, et se disait qu'elle méritait dix minutes supplémentaires.

Sur le point de se rendormir, elle ouvrit tout grand les yeux.

Elle se retourna : Agathe n'était plus à ses côtés.

Et l'endroit qu'elle occupait était froid.

Elle se remémora alors les raisons de son insomnie ; quand Agathe lui a dit que ses demis, des esprits, les observaient, elle avait été prise d'effroi.

Après avoir cédé à la peur et recouvert sa tête de son drap pour empêcher les esprits de la voir, elle avait tenté de se raisonner.

*Voyons, Adèle, les esprits n'existent pas.*

*Agathe a vécu plusieurs traumatismes et elle a usé d'imagination pour les affronter en se créant des amis imaginaires.*

*Tu as fait la même chose avec ta petite sœur imaginaire.*

*Il y a longtemps que tu n'en parles plus, mais encore récemment, après ta mégadispute avec Bianca, tu lui as demandé conseil dans ta tête.*

*Si t'avais eu une vie aussi difficile que celle d'Agathe, t'aurais peut-être ressenti le besoin de te créer des dizaines de sœurs imaginaires.*

*Ce qui est troublant, c'est qu'Agathe t'en a parlé ouvertement.*

*Ta sœur imaginaire existe autant que les demis d'Agathe: uniquement dans vos têtes.*

Adèle retrouva Agathe à la table de la cuisine; elle étendait du beurre d'arachides faible en gras sur une rôtie.

– Salut, ma sœur, dit-elle en voyant approcher Adèle. Bien dormi?

Adèle prit un verre dans l'armoire et y versa du lait.

– Hum, pas vraiment.

– C'est vrai qu'on était un peu tassées dans ton lit. J'ai essayé de me faire toute petite.

– Ce n'est pas ça.

– Moi, j'ai dormi comme un bébé. Merci de m'avoir réchauffée.

Après sa discussion nocturne avec Agathe, Adèle avait commencé à avoir froid; ses membres avaient absorbé la froideur de ceux de sa sœur.

Même si elle avait posé ses pieds sur ceux d'Agathe pour les réchauffer, ils étaient restés gelés tout au long de la nuit.

Adèle mit une tranche de pain dans le grille-pain et abaissa le levier.

– J'aime pas trop les histoires de fantômes. Ça m'a toujours empêchée de dormir.

– Tu parles de mes demis?

– Ouais.

– Ce ne sont pas des fantômes. Ce sont des esprits.

– Quelle est la différence ? Ils sont morts.

Agathe mordit dans sa rôtie et expliqua, la bouche à moitié pleine :

– Ce sont des entités différentes. Les fantômes souffrent : ils ne savent pas où ils sont et ils vivent dans la confusion. Tandis que les esprits sont conscients de leur état.

Adèle sortit un pot de confiture du réfrigérateur.

– Fantômes ou esprits, c'est épeurant.

– Pas les esprits. Avec de la patience, ils peuvent devenir nos amis. Comme des animaux domestiques.

– Ah oui ? Tu peux leur apprendre à donner la patte ou à compter jusqu'à trois en jappant ?

Agathe esquissa un sourire.

– J'ai jamais essayé. Une chose est sure ; quand on en a besoin, ils peuvent nous défendre. Comme des chiens de garde.

Le grille-pain expulsa une tranche de pain bronzée.

Adèle y étendit de la confiture.

– Pourquoi ils te défendraient ? Un chien, tu le nourris, tu lui offres un toit ; il est fidèle. Quelle est la motivation des esprits ?

– Oh, je les nourris très bien. C'est notre entente.

Adèle lécha la confiture sur son couteau.

– Ils mangent quoi, tes demis ? De la moulée bœuf-poulet ?

Sur ces entrefaites, la mère d'Adèle entra dans la cuisine.

– Bonjour.

– Salut, maman, dit Adèle.

– Bonjour, madame, dit Agathe avant de regarder Adèle et de poser son index sur sa bouche, lui indiquant de ne plus parler.

Adèle se tut.

## chapitre 16

C'est en mettant le pied dans l'autobus, accompagnée d'Agathe, qu'Adèle ressentit les premiers signes d'anxiété.

Les évènements qui s'étaient produits à l'école une semaine plus tôt l'avait sérieusement blessée.

Malgré les quelques jours de congé forcé et les peines infligées aux responsables des torts causés à Adèle, la plaie d'humiliation qui traversait de bord en bord son estime d'elle-même était loin d'être guérie.

Quelques instants après s'être assise sur un banc, Adèle fut prise de nausées.

Ses mains se mirent à trembler et sa bouche s'assécha.

Elle sentait les regards sur elle.

Elle entendait même les gens penser : « C'est elle, la fameuse Adèle du graffiti sur le mur de l'école ? »

Il n'était pas question ici d'un petit dessin insignifiant.

Il s'agissait d'une insulte format géant, dessinée à la peinture en aérosol rouge sur fond blanc.

Des lettres de deux mètres de hauteur avaient été inscrites sur le mur le plus vu de l'école; celui devant lequel tous les étudiants devaient passer pour entrer dans l'établissement.

Il n'y avait eu aucun doute sur la personne visée.

Lorsque l'adolescente avait vu le graffiti, elle avait eu le souffle coupé, comme si on lui avait flanqué un coup de poing dans l'estomac.

Les élèves l'avaient regardée du coin de l'œil avec un sourire en coin, heureux de ne pas avoir été la cible d'une attaque aussi grande et offensante.

Durant des jours, Adèle avait déployé d'intenses efforts pour ne pas se laisser affecter par les moqueries de Bianca et de sa bande.

Mais ce graffiti avait fait déborder le vase.

Devant tous les élèves qui scrutaient sa réaction, l'adolescente s'était effondrée.

Les genoux au sol, repliée sur elle-même, elle avait laissé son corps à la merci de ses violents sanglots.

Son amoureux, qui s'était arrêté pour discuter avec une connaissance, avait accouru.

– Viens, on va passer par l'entrée principale. Il faut parler au directeur. C'est assez!

L'abominable monstre de la cafétéria, madame Oligny, était apparue.

Sans mot dire, elle avait aidé Adèle à se relever.

La victime cachait son visage avec ses bras.

– Qu'est-ce que vous regardez, bande d'insignifiants? avait craché madame Oligny aux badauds. Entrez en classe avant que je vous mette mon pied au derrière. Et c'est pas garanti que la tête suive le corps!

AMC, avec toute la douceur qui la caractérisait, avait trainé Adèle jusque dans l'école.

Renaud avait suivi en apportant le sac d'école de sa blonde.

AMC avait admonesté Adèle:

– T'as vu ce que ça donne, être une bonne fille? T'as vu? Tu te fais bouffer tout rond! Quand vas-tu apprendre à te défendre? Quand?! T'attends quoi? Qu'on te lance au visage des légumes pourris? Des œufs? Du purin de cheval?

Renaud avait senti le besoin d'intervenir.

– Madame Oligny, je ne pense pas que ce soit le moment de...

– Elle le voit, ce que ça donne, de se laisser manger la laine sur le dos. Est-ce que tu le vois? Quand comptes-tu réagir? Quand vas-tu leur montrer que c'est assez? Jouer à la martyre, c'est fini, compris? Elvis Presley en tutu, c'est assez!

– Elvis Presley en tutu?! Ça veut dire quoi?

– C'est pas à toi que je cause, le grand. C'est à ta blonde tellement gentille, tellement douce et tellement molle. Regarde-moi, Adèle! Est-ce que je me laisse intimider? Est-ce qu'on me marche sur les pieds? Les seules choses molles que je me permets d'avoir, ce sont mes fesses. As-tu eu ta leçon? L'as-tu eue?

Adèle n'avait répondu à aucune des questions de la surveillante.

Ses interrogations n'avaient fait qu'accentuer son flot de larmes.

Heureusement, la direction de l'école avait rapidement mis la main sur Kevin, le coupable du graffiti haineux : une caméra de sécurité avait enregistré son délit.

Le directeur avait agi promptement en suspendant l'ex-petit ami d'Adèle pour dix jours et en exigeant de lui qu'il rédige une lettre d'excuses.

Aussi, Bianca et tout le reste de la bande avaient été rencontrés séparément : s'ils poursuivaient leur harcèlement à l'encontre d'Adèle, des sanctions allaient être imposées.

Pendant sa semaine de repos, Adèle avait cru que l'intervention de la direction allait mettre fin au cauchemar.

Mais l'anxiété qu'elle éprouvait quelques minutes avant de remettre les pieds à l'école lui indiqua que le mauvais rêve n'avait pas pris fin.

En fait, il ne faisait que commencer.

# chapitre 17

Adèle avait très peu parlé à Agathe de l'école qu'elle allait bientôt fréquenter.

Aussi, lorsque sa nouvelle sœur lui avait demandé qui était sa meilleure amie, Adèle avait répondu avec le plus d'honnêteté possible : elle n'en avait plus depuis qu'elle s'était disputée avec Bianca.

– Il s'est passé quoi ? avait demandé Agathe.

– Oh, c'est une longue histoire.

– C'est à cause de moi, avait répliqué Renaud.

– Non, avait dit Adèle. J'aurais pas dû tomber amoureuse de toi.

Renaud, à l'endroit d'Agathe :

– Qu'est-ce que tu veux, je suis tellement irrésistible.

Adèle avait asséné un coup de poing sur l'épaule de son *chum*.

– Et tellement modeste !

– Sérieusement, il s'est passé quoi ? avait demandé de nouveau Agathe.

– Eh bien, Bianca aimait Renaud et...

– OK, je comprends. Le classique des classiques : le triangle amoureux.

– Ouais. Mais le triangle, il est devenu plus haineux qu'amoureux.

– C'est le triangle des Bermudes, avait ajouté Renaud.

Adèle avait posé un baiser là où elle avait frappé son amoureux.

– Mon ex *best* a recruté une armée dans le but de me détruire.

– Qu'est-ce qui s'est passé pour qu'elle arrête?

– La semaine dernière..., avait commencé Renaud.

Adèle ne l'avait pas laissé terminer.

– C'est du passé. Je ne veux pas revenir là-dessus.

Puis elle s'était mise à décrire les professeurs, des plus étranges aux plus cool.

Après l'incident du graffiti et le soutien de la direction – qu'elle n'aurait jamais exigé, parce que ce n'était pas dans sa nature de répliquer, mais aussi parce qu'elle craignait les représailles –, Adèle s'était répété à de multiples reprises que tout allait redevenir normal.

Bien entendu, elle savait que son ancienne bande d'amis n'allait pas la réintégrer.

Mais au moins, elle la laisserait tranquille.

Croiser Bianca et ses ex-amis dans les corridors de l'école créerait un malaise.

Cependant, Adèle n'allait plus être agressée verbalement ou physiquement.

Lorsque sa mère lui avait suggéré de changer d'école, Adèle avait refusé net.

*Quelle folle idée maman a eue!*

*L'école secondaire la plus proche est à une heure d'autobus.*

*Et ça ferait trop plaisir à Bianca; je ne veux pas qu'elle ait l'impression qu'elle a gagné.*

*Et il y a Renaud...*

*Je me poserais tellement de questions si je ne le voyais plus tous les jours!*

*Je m'ennuierais beaucoup trop.*

*Et, comme on dit, «loin des yeux, loin du cœur».*

*C'est pas parce que je ne lui fais pas confiance.*

*Mais j'aurais trop peur qu'il tombe amoureux d'une autre fille.*

*Du genre Bianca... L'horreur!*

Pour contrer son angoisse, Adèle mit en pratique les trucs que sa mère lui avait prodigués: prendre de longues et profondes respirations, et faire le vide dans sa tête.

Dans quelques minutes, Adèle accompagnerait Agathe dans sa nouvelle école; elle lui en ferait faire le tour et répondrait à toutes ses interrogations.

Avant de descendre de l'autobus, Agathe demanda à Adèle:

— Es-tu anxieuse?

Adèle feignit l'étonnement:

– Anxieuse ? Moi ? Pas du tout. Pourquoi je le serais ? Ce n'est pas moi qui arrive dans une nouvelle école.

– Si c'est Bianca qui te stresse, ne te fais pas de soucis.

– Elle ne me stresse pas du tout.

– Tant mieux. Parce que je ne la laisserai pas faire du mal à ma sœur.

– C'est gentil. Mais ce ne sera pas nécessaire.

L'autobus s'arrêta devant l'école.

Adèle jeta instinctivement un œil au mur sur lequel, une semaine auparavant, son prénom et son nom étaient accolés en lettres géantes à une insulte.

L'adolescente fut soulagée de constater qu'il n'y avait plus aucune trace du délit ; tout avait été repeint.

– Personne ne te fera de mal, répéta Agathe en posant sa main dans celle d'Adèle.

# chapitre 18

La première journée se passa sans anicroche.

Adèle croisa quelques-uns de ses anciens amis qui, à sa vue, baissèrent les yeux.

Même Bianca, qu'elle vit à la bibliothèque, l'ignora.

*Eh bien, peut-être que, finalement, on va me laisser tranquille.*

*Je me suis inquiétée pour rien.*

*Tout va tellement être plus facile !*

*J'aurais peut-être dû demander à mes parents ou à la direction d'intervenir avant.*

*Peut-être...*

*Trop tard : ce qui est fait est fait.*

Agathe, pour sa part, adora sa première journée d'école.

Tout le monde avait été gentil avec elle et elle aimait l'ambiance qui régnait dans l'établissement.

Le soir, les deux adolescentes placotèrent jusqu'à une heure déraisonnable.

Il fallut que la mère d'Adèle intervienne et les somme de dormir.

Agathe regagna sa chambre et Adèle, vannée, s'endormit tout de suite, l'esprit en paix : enfin, sa vie allait être agréable.

Quelques heures plus tard, Adèle fit un mauvais rêve dans lequel elle se battait avec Bianca ; cette dernière était assise sur sa poitrine et rendait sa respiration difficile.

L'adolescente se réveilla en sursaut.

Agathe se tenait sur elle, les genoux sur ses bras et son fessier sur sa poitrine.

– Aga... Agathe ! essaya de crier Adèle.

D'une voix d'outre-tombe, profonde, grave, avec un effet d'écho et qui ne ressemblait aucunement à celle d'un être humain, Agathe laissa échapper :

– Manger !

– Aga... Agathe, tu m'em... m'empêches de...
respirer.

– Nous... avons... FAIM !

Adèle bougea son torse de gauche à droite,
tentant de libérer ses bras.

Elle sentit alors un liquide chaud sur son front :
Agathe bavait sur elle.

Ses yeux étaient grand ouverts et elle regardait
Adèle avec un air de prédateur affamé qui n'obéit
qu'à un seul maitre : son estomac.

La lumière rouge que projetait le réveille-matin
d'Adèle éclairait le visage d'Agathe ; ses yeux étaient
renfoncés et cernés, ses lèvres sèches et blanches, et ses
joues creuses faisaient saillir ses pommettes, comme
si elles allaient déchirer sa peau.

– MANGER ! hurla Agathe.

Adèle réussit enfin à dégager l'un de ses bras.

Alors qu'elle s'apprêtait à poser la main sur le
cou d'Agathe afin de la repousser, cette dernière
attrapa son poignet.

L'avant-bras d'Agathe ressemblait à une
branche d'arbre et sa main était osseuse ; ses doigts,
minces comme les pattes d'une araignée, affichaient
des ongles longs et pointus qu'elle plongea dans
la chair d'Adèle.

– MANGER ! éructa Agathe en laissant
s'écouler des filets de salive des commissures de ses
lèvres.

À ce moment, la lumière du plafonnier s'alluma.

Le père d'Adèle se jeta sur Agathe, empoigna ses épaules et la fit basculer vers l'arrière.

Dès qu'elle le put, Adèle se dégagea.

Elle rampa jusqu'au sol et s'accrocha aux jambes de sa mère qui venait d'entrer dans la chambre.

Le père tentait de contenir la fureur d'Agathe qui lui assénait des coups de pied et des coups de poing.

Agathe hurlait comme si on lui avait planté un tisonnier chauffé à blanc dans un œil.

L'adolescente était petite et mince, mais le père, même s'il était costaud, avait du mal à la contenir.

– Venez... venez m'aider ! ordonna le père. Je n'arrive pas... je n'arrive pas à... à la maitriser !

L'épouse vint à la rescousse de son mari.

Alors qu'elle essayait de s'emparer d'une des jambes d'Agathe, elle reçut un violent coup de pied dans l'estomac.

Avec son autre jambe, Agathe projeta le père d'Adèle des mètres plus loin.

L'adolescente se releva et s'enfuit.

Le père s'enquit de l'état de la mère d'Adèle.

– Ça va aller, dit-elle, pliée en deux, les mains sur le ventre. J'ai eu le souffle coupé.

Un boucan d'enfer éclata alors dans une pièce voisine, faisant vibrer les fondations de la maison.

Le père sortit de la chambre en courant.

## chapitre 15

C'est dans le salon que le père retrouva Agathe.

La pièce était méconnaissable.

Le canapé, la télévision ainsi que le fauteuil avaient été renversés, les rideaux déchirés, les photos de famille abimées et les ampoules des lampes cassées.

– Seigneur, dit le père en voyant la scène de dévastation.

Même si aucune fenêtre n'était ouverte, un courant d'air froid fit frissonner l'homme.

Il rabattit les pans de sa robe de chambre et fit une boucle avec sa ceinture.

Agathe était couchée sur le tapis du salon, en position fœtale.

Il s'approcha d'elle et posa une main sur sa tête.

La température de son corps semblait normale.

Elle dormait.

– Qu'est-ce qui s'est passé ?! demanda la mère, catastrophée, en zieutant le capharnaüm.

Le père prit Agathe dans ses bras.

– Je n'en ai aucune idée, murmura-t-il en passant à côté de son épouse.

– Il faut qu'elle voie un médecin, dit la femme.

L'homme ne répondit rien et alla déposer l'adolescente dans son lit.

Adèle croisa son père dans le corridor.

Elle fut soulagée de constater qu'Agathe n'était plus déchaînée.

Puis elle alla voir ce qui avait causé tant de boucan ; l'adolescente avait eu l'impression que la maison s'était soulevée de quelques centimètres et qu'elle était retombée d'un coup sec.

En mettant le pied au salon, Adèle, consternée, ne put s'empêcher de verser des larmes.

Elle se blottit dans les bras de sa mère.

Son père réapparut.

Il demanda à sa fille :

– Qu'est-ce qui s'est passé ?

Adèle ravala ses sanglots.

– Je me suis réveillée... et elle était assise... sur ma poitrine. Elle s'est mise à me dire qu'elle avait faim... Avec cette voix très grave.

– Agathe doit voir un médecin, dit de nouveau la mère.

D'un mouvement de la main, le père montra qu'il n'était pas d'accord avec cette idée.

– Il s'est passé quelque chose auparavant ?

Adèle fit non de la tête.

– Vous ne vous êtes pas disputées ?

– Pas du tout. Et il y avait son visage... Elle était une autre personne.

– Qu'est-ce que tu veux dire ?

– Elle était maigre. Elle avait les joues creuses. Ses mains... C'était comme dans ces documentaires où on voit des gens qui n'ont pas mangé à leur faim depuis des mois.

– Quand elle était par-dessus toi ?

– Oui. Comme si elle avait le corps d'une fille anorexique. Ses yeux étaient noirs comme du charbon.

Le père regarda son épouse.

Il se mordilla la lèvre inférieure avant de dire à sa fille :

– Je crois que tu es troublée. C'est parfaitement normal. Tu es peut-être sortie d'un rêve trop rapidement et tu as confondu ton songe avec la réalité.

– Non, papa, pas du tout. Son corps n'était plus le même. C'était Agathe, mais avec vingt kilos en moins. Et cette voix...

La mère ajouta, à l'intention de son mari :

– T'as vu le salon ? Comment a-t-elle pu tout renverser en si peu de temps ?

– Je ne sais pas, dit-il.

L'homme posa le téléviseur sur le meuble prévu à cet effet.

Il l'alluma pour voir si sa chute avait été fatale.

La mère d'Adèle poursuivit :

– Le canapé pèse une tonne. Comme a-t-elle fait pour le renverser ?

– Je ne sais pas, répondit son mari, impatient.

– Qu'est-ce que tu comptes faire ?

– Retourner me coucher. On en reparlera demain. Mais pas en face d'elle, d'accord ?

– Attends, ce qui vient de se produire...

L'homme ne laissa pas son épouse terminer sa phrase :

– Je t'ai dit que c'était une fille troublée. N'en rajoute pas.

Même si cela ne convenait pas à la mère, elle se tut et suivit son mari jusque dans la chambre.

Adèle décida de faire de même.

Mais avant d'éteindre la lumière du salon, ses yeux s'arrêtèrent sur la cage de Gertrude, sa perruche.

La couverture qui était déposée chaque soir sur son habitat n'y était plus.

Adèle décida d'aller jeter un œil.

Lorsque son regard atteignit le fond de la cage, elle posa une main sur sa bouche pour étouffer un cri.

## chapitre 20

Gertrude n'avait pas survécu à l'ouragan Agathe.

Elle reposait dans le fond de sa cage, couchée sur le côté, les yeux et la bouche ouverts.

Son corps avait subi des modifications troublantes.

– Papa ? appela Adèle.

Pas de réponse.

L'adolescente haussa le ton.

– PAPA !

Elle entendit les pas de son père.

– Qu'est-ce qui se passe ?

– Regarde Gertrude.

L'homme jeta un œil à la cage.

– Oh... Étrange.

Les plumes de la perruche n'étaient plus vertes mâtinées de jaunes ; elles étaient toutes grises.

Sa poitrine était renfoncée, comme si on avait retiré ses organes.

– Qu'est-ce qui s'est passé ? demanda Adèle.

– Eh bien, elle est morte.

– Papa, franchement, ça, je l'ai deviné toute seule.

– À voir son état, elle est morte depuis longtemps.

– Non, justement. Je l'ai nourrie avant de me coucher et elle allait très bien.

– Ce n'est pas possible.

– Comme ce qui s'est passé cette nuit.

À la limite de l'exaspération, le père répliqua :

– Adèle, je t'ai déjà dit qu'Agathe avait vécu des choses difficiles. Elle doit s'adapter à sa nouvelle maison; il est normal qu'elle ait certaines... réactions.

– Comme parler avec une voix grave et avoir soudainement le corps d'une anorexique.

Le père fit une pause avant de rétorquer:

– Tu rêvais. Tu as mélangé la fiction et la réalité.

– Non, je ne rêvais pas.

– Va te coucher. Je vais m'occuper de ta perruche demain matin.

– Tu vas faire quoi? Lui faire le bouche-à-bouche?

– Non, je vais relier deux boucles d'oreilles plates à une pile 9 volts et m'en servir comme défibrillateur.

– Papa, il y a quelque chose d'anormal chez cette fille.

– Définis la normalité, s'il te plait.

Sur ces entrefaites, la mère apparut.

– Est-ce que ça va?

L'homme, qui faisait dos à son épouse, posa un index sur sa bouche.

– Ça va. Adèle s'inquiète pour sa perruche qui n'a pas l'air dans son assiette.

– Elle est loin d'être dans son assiette, corrigea Adèle. Elle est morte.

– Oh, non. Ne manquait plus que ça!

La mère fit un pas en direction de la cage; son mari lui barra le chemin avec un bras.

– On va s'en occuper demain. Il faut profiter des quelques heures de sommeil qu'il nous reste. Allez, dodo!

Il prit la main de sa fille, puis celle de sa femme, et les entraina à l'extérieur de la pièce.

Adèle se coucha dans son lit.

Encore sous le choc, elle ressassa les derniers évènements et tenta de trouver des réponses à ses nombreuses questions.

*Peut-être que papa a raison: peut-être que je n'étais pas encore tout à fait réveillée quand j'ai halluciné la voix et le corps d'Agathe.*

*Parfois, les rêves paraissent si réels.*

*Mais ce qui s'est passé dans le salon, ça, je ne l'ai pas inventé.*

*Comment Agathe s'y est-elle prise pour faire autant de dégâts en si peu de temps?*

*Et ma pauvre perruche...*

*Que lui est-il arrivé?*

*Pourquoi ses plumes ont-elles perdu leurs couleurs et son corps est-il renfoncé?*

*Et pourquoi tant de secrets?*

*Pourquoi papa m'a demandé de me taire quand maman est entrée dans le salon?*

*Pourquoi l'autre matin, alors qu'on parlait de ses demis – je ne sais pas pourquoi elle les appelle comme ça –, Agathe a posé le même geste quand maman est apparue?*

*Qu'est-ce qui se passe?*

*Pourquoi on cache des choses à maman?*

*Et qui est Agathe?*

*D'où vient-elle?*

*Que s'est-il passé dans sa vie pour qu'elle se transforme ainsi?*

*J'ai peur d'elle.*

*J'ai vraiment cru que ma dernière heure (minute!) était venue.*

Adèle se releva et fit comme dans les films : pour empêcher quiconque d'entrer dans sa chambre, elle disposa le dossier de sa chaise de bureau sous sa poignée de porte.

*J'ai peur d'elle,* fut sa dernière pensée avant de s'endormir.

## chapitre 21

Le matin suivant, lorsqu'Adèle parvint à trouver l'énergie nécessaire afin de sortir de son lit, elle fit face à Agathe.

Cette dernière sortait de la salle de bains.

– Bonjour! dit Agathe, le sourire aux lèvres.

D'une voix éteinte, Adèle répondit :

– Allo.

– Oh là... T'as mal dormi, toi.

– Ouais, c'est possible. Et toi ?

– Je suis en super forme. Ça ne se voit pas ?

– Tu ne te souviens de rien ?

– Me souvenir de quoi ?

– Adèle !

Derrière elle, la voix de stentor de son père la fit sursauter.

– Quoi ? demanda-t-elle en se retournant.

– Je t'ai dit de ne pas lui en parler. Ce n'est pas nécessaire.

Agathe esquissa un sourire d'incompréhension.

– Qu'est-ce qui se passe ?

– Rien d'important, dit le père. Allez manger, les filles, si vous ne voulez pas être en retard.

Adèle entra dans la salle de bains et referma la porte derrière elle.

*Rien d'important, papa ? !*

*Vraiment ?*

*Agathe s'est assise sur ma poitrine en pleine nuit, elle s'est battue avec toi, elle a donné un coup de pied à maman, elle a renversé le salon au complet comme si elle était une pieuvre et elle a tué la perruche, et ce n'est « pas important » ?*

*Qu'est-ce qui l'est, pour toi ?*

*Pourquoi protèges-tu Agathe, une inconnue ?*

*Parce que c'est ce que tu fais en me demandant de me taire.*

Immédiatement après avoir eu ces pensées, Adèle se sentit coupable.

*Je ne devrais pas être aussi dure avec Agathe.*

*Ce que je viens de penser est égoïste, digne d'une fille unique qui, toute sa vie, ne s'est préoccupée que de son nombril.*

*Agathe ne l'a clairement pas eu facile.*

*En une semaine, papa me l'a répété cent fois : Agathe est fragile.*

*De l'extérieur, elle a l'air forte, sure d'elle.*

*Mais son armure cache une petite fille blessée.*

*En sachant ce qui s'est passé dans sa vie, je serai surement moins portée à la juger.*

*Je vais lui poser des questions.*

*Si c'est trop indiscret, elle n'aura qu'à me le dire.*

*Ça n'expliquera peut-être pas les phénomènes étranges qui se sont produits hier soir, mais je ne perds rien à essayer...*

Adèle s'enquit de sa mère : son père lui répondit qu'elle avait déjà quitté les lieux pour le boulot.

*Ça ne lui est jamais arrivé de rentrer de si bonne heure au travail.*

Le père d'Adèle s'était levé tôt pour faire le ménage du salon.

Tout avait été remis en place, sauf les photos de famille et Gertrude, qui n'était plus dans sa cage.

Adèle n'osa pas demander à son géniteur ce qu'il avait fait de son oiseau.

Lorsque les deux adolescentes s'assirent dans l'autobus qui les menait à l'école, Adèle tenta une approche subtile afin de parler du passé d'Agathe.

Mais Agathe fut plus rapide qu'elle :

– Il s'est passé quoi, cette nuit ?

– Oh... Papa préfère que je ne t'en parle pas.

– Allez, dis-le-moi. Je pense que je sais ce qui s'est passé.

– Ah oui ? Tu t'en souviens ?

– Pas du tout. Raconte-moi.

– Eh bien, j'imagine que tu as fait un genre de somnambulisme.

– Hum... Et... ?

– Eh bien, t'étais, comment dire ?

*Ne la blesse surtout pas !*

– T'as été, disons... imprévisible.

– Violente ?

– Peut-être.

– Je t'ai fait mal ?

– Un peu.

Agathe fit non de la tête avant de se tourner vers la fenêtre.

– Ce sont les demis. Ils ont faim.

*Faim ! C'est ce qu'elle m'a dit la nuit dernière, quand elle était possédée !*

– Qui sont les demis ? Pourquoi tu les appelles comme ça ?

Agathe ne dit plus un mot du reste du voyage.

Adèle posa de nouveau la question, sans recevoir de réponse.

Elle n'insista pas.

# chapitre 22

Encore une fois, il ne se passa aucun incident dans la journée.

L'ancienne bande d'amis d'Adèle se tenait tranquille.

Bianca croisa par hasard son ennemie à deux reprises, mais elle se contenta de l'ignorer.

Adèle observait Agathe comme un entomologiste avec une espèce d'insecte jamais répertoriée : avec fascination et prudence.

Pendant ses cours, Adèle songeait aux « demis » d'Agathe.

*Pourquoi elle les appelle comme ça ?*

*Demi, ça signifie moitié.*

*Moitié de quoi ?*

*Et ils ont faim, ça va, je comprends ; là où ils sont, y'a surement pas de restaurants, mais ils se nourrissent de quoi ?*

*Avant la nuit dernière, quand Agathe m'a réveillée avec la douceur d'un rouleau compresseur, je prenais cette histoire à la légère.*

*Je n'y croyais pas, je pensais qu'il s'agissait de l'excentricité d'une fille qui a passé trop de temps seule.*

*Comme moi et ma sœur imaginaire.*

*Je n'arrive pas à m'enlever de la tête le regard qu'elle m'a jeté quand elle était au-dessus de moi et la voix qu'elle avait, si grave et si profonde.*

*Et que dire de son corps tout en os...*

*Si ça avait été un rêve, comme papa le prétend, il se serait estompé, non?*

*Plus les heures avançaient et plus il serait devenu diffus?*

*Pourtant, j'ai des souvenirs très vifs.*

*Cette fille me donne la chair de poule.*

À l'heure du midi, peu après avoir entamé son diner à une table de la cafétéria, Agathe demanda sans ambages :

– Qui est le gars le plus chaud de l'école ?

– C'est moi, dit Renaud.

– Ça, tout le monde le sait, répondit Adèle. Mais il parait que t'es déjà pris.

– Oh, ce n'est qu'une rumeur, rétorqua Renaud en regardant Agathe.

*Je capote ou il flirte avec elle?*

Adèle asséna un coup de pied sur le tibia de son amoureux.

– C'est pas une rumeur, c'est confirmé. Tu es déjà pris.

Puis, en se tournant vers Agathe, Adèle dit :

– Quand tu parles de chaud, qu'est-ce que tu veux dire exactement ?

– Le plus chaud, là. Celui dont les filles rêvent secrètement la nuit.

– OK, donc pas le plus intelligent, sensible, drôle et gentil ?

Renaud ouvrit la bouche pour émettre un autre commentaire empreint de prétention, mais Adèle lui coupa l'inspiration en lui assénant un autre coup de pied.

– Non, le plus chaud, dit Agathe. Celui qui fait bouillir les hormones de la majorité des filles jusqu'à ce qu'elles se rendent compte que ce garçon est un *douchebag*.

Adèle se leva et parcourut la cafétéria du regard.

– Y'a quelques beaux crétins... Mais le champion des champions, c'est lui.

Agathe se leva.

– Le gars avec le manteau de football ?

– Oui, le blond. Il s'appelle Mac. C'est la vedette de l'équipe. Je pense qu'il est gardien de but ou quelque chose du genre.

– Y'a pas de gardien de but au football, dit Renaud en perçant sa boite de jus avec une minuscule paille. Il est porteur de ballon.

– Ouais, bon, ça ne change rien au fait que je connais très peu de filles qui n'ont pas eu un jour une attirance pour lui… jusqu'à ce qu'elles l'entendent parler.

– Il a une blonde ? demanda Agathe.

– Non, mais des dizaines d'amies particulières qui croient toutes qu'elles ont une chance de former un couple avec lui.

– Exactement le genre de gars qu'il me faut.

– Qu'est-ce que tu comptes faire ? Pitié, ne me dis pas que tu veux entrer dans son harem.

Agathe se rassit, Adèle l'imita.

– Non seulement je vais entrer dedans, mais je vais y mettre le feu et libérer toutes les filles qui sont sous son emprise.

– Ah oui ? Comment tu vas faire ça ?

Agathe lui fit un clin d'œil avant de poser un index sur sa bouche.

# chapitre 23

Il ne fallut que quelques minutes à Agathe pour obtenir un rendez-vous avec Mac.

Pendant trois années de suite, l'adolescent avait été élu « le plus beau gars de l'école » au gala de fin d'année.

Un sondage peu scientifique avait été mené auprès des élèves par l'une des plus farouches fans de Mac, une fille qui n'aurait raté aucun match de l'équipe, même sous une pluie de météorites.

Malgré le fait que Mac avait piétiné son cœur à plusieurs reprises, cette fan continuait de penser qu'entre lui et elle, quelque chose de sérieux pouvait survenir.

Ne sachant plus comment attirer l'attention du garçon, elle avait même regardé des vidéos sur Internet pour apprendre à cracher du feu.

Lors d'un match endiablé, elle s'était exécutée, enflammant du même coup l'afro du gros ado assis à moitié nu devant elle – malgré la température en bas de zéro, ce dernier avait écrit le nom de l'équipe sur son ventre à l'aide du rouge à lèvres de sa mère.

Pour aborder Mac, Agathe s'y était prise de la façon la plus simple possible, au grand dam d'Adèle qui n'avait rien pu faire pour empêcher la rencontre.

Avant la fin du diner, Agathe s'était levée et, devant tous les élèves de la cafétéria, s'était approchée de Mac.

Elle avait tiré la manche de son manteau pour attirer son attention et lui avait demandé s'il avait du temps pour elle ; parce qu'elle était nouvelle à l'école, elle désirait ardemment en savoir un peu plus sur lui, le gars qu'on disait le plus populaire de l'école.

– Pourquoi t'as fait ça ?! lui demanda Adèle, atterrée par tant de culot.

– Pourquoi pas ? lança Agathe en reprenant sa place.

– C'est un crétin ! Je te l'ai dit.

– Je sais ce que je fais.

– Vraiment ? Regarde-le, il rigole avec ses amis. Il se fout de ta gueule.

– Et alors ?

– Tu viens de quelle planète ? C'est comme si je t'avais dit qu'un lac était rempli d'alligators et que la première chose que tu ferais, serait de plonger dedans. Tu vas être la risée de toute l'école.

– Voyons, voyons, dit Agathe avant de porter son contenant de jus à sa bouche.

Adèle aurait aimé avoir l'audace d'Agathe.

Comme beaucoup de filles, elle trouvait Mac très beau.

Il dégageait une force d'attraction inexplicable ; un rare mélange de charisme et de confiance en soi.

Même si Adèle savait que Mac était un être humain exécrable, elle non plus n'avait pu s'empêcher de fantasmer.

Elle avait déjà imaginé être son amoureuse et se faire regarder de manière envieuse par toutes les filles, notamment Bianca, qui avait longtemps eu le béguin pour lui.

Adèle savait que son fantasme était stupide, mais il satisfaisait si bien momentanément son égo qu'il lui était difficile de ne pas le recréer dans sa tête de temps à autre.

*De quel droit Agathe se permet ça?*

*Parce qu'elle est nouvelle, elle se croit tout permis?*

*Jamais une fille n'a été si directe avec Mac.*

*Agathe vient de poser un geste qui défie l'entendement.*

*En plus, ce n'est pas comme si elle était super belle!*

*Elle est mignonne, sans plus.*

*Elle a brulé toutes les étapes!*

– Tous les élèves nous regardent, poursuivit Adèle. Tu sais pourquoi? Parce qu'ils savent comment ça va se passer. Ils ont vu la nouvelle fille de l'école parler au gars le plus populaire, et ils se disent: « La pauvre cloche, elle est tellement naïve! »

– Personne ne me connait. Comment peuvent-ils me juger?

Adèle regarda Renaud, interloquée, comme si elle avait eu une hallucination auditive.

– Je viens de te le dire: tout le monde connait la réputation de Mac. Tout le monde sait comment ça va se terminer si tu passes du temps avec lui.

Agathe ne semblait aucunement déboussolée.

– Personne ne connait ma véritable réputation.

– Ta véritable réputation? Quelle est-elle? Celle d'une fille qui a tellement manqué d'amour dans sa vie qu'elle se lance dans les bras du premier venu?

Adèle regretta immédiatement ses dernières paroles.

Renaud avait les yeux tout grands ouverts, confirmant que sa blonde venait effectivement de dire une grossièreté.

Agathe, la bouche pincée de vexation, remballa son diner.

– Attends, dit Adèle. Ce n'est pas ce que j'ai voulu dire.

– Vraiment ? T'as voulu dire quoi ?

Des grosses larmes coulaient sur ses joues.

Un sentiment cuisant de culpabilité envahit Adèle.

– Je suis désolée, vraiment...

Agathe se leva et prit la direction de la sortie.

Lorsqu'elle arriva devant la table de Mac et de ses copains, des sifflements vulgaires soulignèrent son passage.

## chapitre 24

Madame Oligny, l'Abominable monstre de la cafétéria, mit fin aux sifflements.

– Hey ! les hommes des cavernes, vous n'avez pas appris d'autres manières plus civilisées pour vous exprimer ?

Sachant qu'il ne fallait pas répliquer à AMC au risque de se voir infliger une humiliante correction, comme devoir demander pardon à la victime devant une cafétéria bondée, les garçons se turent sur-le-champ.

Ayant constaté qu'Agathe pleurait, AMC la suivit dans les corridors.

– Oh! Attends-moi!

Agathe ne se retourna pas.

– Allo? Attends, je veux te parler.

AMC se mit à trottiner.

Parvenant à la hauteur d'Agathe, elle tira sur son chandail.

– C'est à toi que je parle...

Agathe se retourna.

Son visage n'était plus le même.

Ses yeux étaient cernés, ses joues creuses et sa peau grise.

Madame Oligny relâcha le chandail et fit un pas vers l'arrière, lentement, comme si elle venait de rencontrer un ours dans un sentier isolé.

Agathe poursuivit son chemin.

Quelques instants plus tard, Adèle apparut.

– Avez-vous vu Agathe? demanda-t-elle à la surveillante.

AMC pointa un bras vers le bout du corridor.

L'adolescente s'y lança.

– Attends, dit AMC.

Adèle s'arrêta brusquement.

– Oui ?

– J'ai... j'ai vu plusieurs ados dans un état second au cours de ma carrière, mais ça... Je pense que ton amie ne va pas bien.

– Je sais. Elle est troublée.

– Elle n'est pas la seule.

Adèle ne comprit pas ce que la surveillante voulait insinuer.

Constatant qu'AMC n'avait rien d'autre à ajouter et qu'elle avait un air étrange, l'adolescente se remit à la recherche d'Agathe.

Elle la trouva dans l'une des toilettes, enfermée dans la cabine.

Adèle se pencha et reconnut les chaussures de sa sœur.

– Agathe ?

Pas de réponse.

– Agathe, j'ai été super maladroite. Ce n'est pas ce que j'ai voulu dire. Je suis tellement désolée. Je ne veux pas que tu aies mal, tu comprends ? Je ne veux pas que ce crétin ajoute ta tête à son tableau de chasse.

D'un mince filet de voix, Agathe articula :

– Ils ont si faim.

– Faim ? Tu parles de tes demis ?

– Ils sont affamés. Je n'en peux plus d'entendre leurs plaintes.

– D'accord. Euh, ces voix, est-ce que tu en as déjà parlé à un médecin ?

– Mais c'est bientôt terminé parce qu'enfin toute la famille va être réunie.

– Agathe, je suis ta nouvelle famille. Et je ne te laisserai pas tomber.

– Y'aura papa et nous, ses filles, qui serons enfin réunies avec lui.

– Y'a ma mère aussi, ajouta Adèle. Elle t'aime, j'en suis persuadée.

– Elle ne nous aime pas.

Adèle sursauta.

La dernière phrase d'Agathe avait été dite avec une voix profonde et grave, à faire vibrer un roc.

*Comme celle que j'ai entendue la nuit dernière.*

L'adolescente recula de quelques pas.

– Agathe? Est-ce que tu vas bien?

– Elle nous a abandonnées.

C'est alors qu'un crépitement attira l'attention d'Adèle.

## chapitre 25

Le son qu'Adèle percevait ressemblait à celui qu'une mince couche de glace produit lorsqu'on y pose le pied.

Le bruit se fit de nouveau entendre.

Adèle regarda à droite.

Le miroir au-dessus des éviers était en train de se fissurer.

Il formait des stries qui avançaient lentement en zigzaguant.

*Dire qu'on m'a toujours répété que les miroirs installés dans les toilettes étaient incassables.*

Fascinée par la formation des dessins incongrus, Adèle s'approcha du miroir.

*On dirait des racines qui poussent en vitesse accélérée.*

Adèle sortit de son envoutement lorsqu'elle entendit d'autres craquements, beaucoup plus francs cette fois.

Les trois éviers de porcelaine blanche se cassèrent, comme si des bucherons aux avant-bras de Popeye le vieux marin leur avaient asséné un coup de hache.

En l'espace de quelques secondes, la température de la pièce chuta de plusieurs degrés et la respiration d'Adèle forma des volutes.

AMC entra dans la toilette.

Elle remarqua immédiatement les dégâts et croisa les bras sur sa poitrine.

– Où est-elle ?

Adèle montra du doigt la cabine.

– Son nom, c'est quoi ?

– Agathe.

– Agathe, tu m'entends ?

Il y eut alors des cognements réguliers sur les parois de la cabine ; c'était sans doute Agathe qui se frappait le front.

– Agathe, ne te laisse pas envahir par eux. Réveille-toi !

Une voix tonitruante provenant de la cabine hurla :

– Elle ne nous a jamais aimées, nous allons la dévorer !

C'est alors que les néons du plafond explosèrent, déversant une pluie de verre sur la tête d'AMC et d'Adèle.

– C'est assez ! cria la surveillante en levant la tête, comme si elle s'adressait au plafond. *Spiribitus domum non invitati, statim quaesivimus proficisci iubeo !*

Le ton de madame Oligny était autoritaire, comme lorsqu'elle exigeait des élèves indisciplinés qu'ils agissent avec ordre et civisme, et d'une dureté qu'Adèle ne croyait pas possible.

Dès que la surveillante eut terminé de déclamer sa dernière phrase dans une langue étrangère, Agathe s'effondra lourdement sur le plancher de béton.

Du même coup, Adèle sentit la température de la pièce augmenter.

AMC indiqua le haut de la cabine.

– Passe par-dessus et va m'ouvrir la porte de l'intérieur.

Adèle grimpa et s'agrippa au bord de la cabine.

Agathe était affaissée sur le sol, inconsciente, les membres de son corps emmêlés comme ceux d'une marionnette qu'on aurait laissé tomber sans soin.

Sur son front et à la lisière de ses cheveux, il y avait une tache rouge.

– Elle saigne de la tête, dit Adèle.

– Raison de plus de te dépêcher.

Adèle, qui n'était pas habillée pour ce genre de cascade, parvint tout de même à intégrer la cabine sans trop de mal.

Debout sur la cuvette, elle se pencha et parvint à atteindre le loquet de la porte.

Elle le tourna vers la gauche et ouvrit la porte.

Avec délicatesse, AMC sortit Agathe de la cabine et observa la plaie sur son front.

– C'est grave ? demanda Adèle.

– Non, elle n'aura même pas besoin de points de suture. Aide-moi, nous devons l'amener à l'infirmerie.

Adèle prit les pieds d'Agathe et AMC glissa ses mains sous ses aisselles.

L'infirmerie était au deuxième étage.

Arrivée à destination, Adèle était en nage et essoufflée.

AMC déverrouilla la porte et indiqua à Adèle où déposer Agathe.

– Je dois appeler mon père, dit l'adolescente.

– Attends, répondit AMC, on doit discuter avant.

– Ah oui ? Pourquoi ?

– J'ai des questions à te poser.

# chapitre 26

Agathe reposait sur le lit de fortune de l'infirmerie.

AMC tira Adèle à l'extérieur du local exigu.

– Parle-moi d'elle, dit la surveillante, à voix basse.

– Que voulez-vous savoir ?

– Tout.

Madame Oligny affichait un air solennel.

– Eh bien, euh, mes parents l'ont accueillie à la maison il y a quelques jours. Selon mon père, Agathe a vécu des expériences éprouvantes dans ses autres familles d'accueil.

– Ça, je le savais.

– Ah oui ? Vous la connaissez ?

La surveillante regarda à gauche et à droite.

– Parle moins fort. Non, je ne la connais pas du tout. Alors, quoi d'autre ?

– Eh bien, chuchota Adèle, mon père dit qu'elle est troublée. Agathe a habité dans plus d'une dizaine de familles d'accueil avant d'aboutir dans la nôtre.

– Et depuis qu'elle habite chez toi, s'est-il produit des phénomènes inexplicables ?

*Mis à part le fait que je me suis fait réveiller la nuit dernière par une version zombie d'elle-même, qu'elle avait la voix d'un annonceur radio qui aurait abusé d'alcool et de tabac pendant cinquante ans, qu'elle a viré notre salon à l'envers et qu'elle a assassiné ma pauvre perruche, non, il n'y a rien qui s'apparente à des phénomènes inexplicables.*

*Papa m'a dit de ne parler à personne de ce qui s'est passé.*

– Peut-être.

AMC recula la tête.

– Hum... « *Poltergeist* », ça te dit quelque chose ?

Ce mot sonnait une cloche ou deux à Adèle.

– Est-ce que ce ne serait pas par hasard le nom d'une bière importée ?

– Non, pas du tout. Pourquoi je te parlerais de bière importée dans les circonstances ?

– Je sais pas, j'ai pris une chance.

– *Poltergeist*, c'est un mot allemand qui signifie « esprit frappeur ».

– Oh, attendez, n'y a-t-il pas un film qui porte ce titre ?

– Oui, effectivement.

Adèle se rappelait qu'un soir, en changeant de poste dans l'espoir qu'une des deux-cents chaines numériques accroche son attention, elle s'était arrêtée sur une scène de ce film : une femme était dans un trou d'eau et, tout autour d'elle, des corps en putréfaction avancée émergeaient.

– Quel est le lien entre ce film et ce qui se passe ? Vous m'avez reproché de parler de bières importées...

– Ça a rapport. Ton amie a un sérieux problème. Et, par le fait même, nous aussi. J'ai réussi cette fois à faire fuir les esprits frappeurs, mais ils vont revenir.

Le côté rationnel d'Adèle, qui n'envisageait aucune explication paranormale, répliqua :

– Pourquoi croyez-vous qu'il s'agit d'esprits frappeurs ? Agathe souffre peut-être d'un genre d'épilepsie qui lui fait perdre la tête.

L'Abominable monstre de la cafétéria ricana.

– De l'épilepsie ? Pourquoi pas une infection urinaire ? T'as vu comme moi le miroir de la toilette ? Et les éviers ? Et les néons qui ont explosé ? Et la chute de température ? Et sa voix qui n'était pas la sienne ?

– Vous croyez que c'est lié ?

– Si nous étions dans un documentaire des années cinquante, mon enfant, je te giflerais sur-le-champ pour te punir de ton excès flagrant de naïveté. Cette fille a scellé un pacte avec des esprits et, d'après ce que j'ai pu constater, ils sont capables de s'immiscer avec une facilité déconcertante dans notre dimension. Une fois ici, ils feront des ravages.

– Comment est-ce possible ?

– J'ignore ce qu'Agathe a vécu dans sa vie, mais toutes les blessures qu'elle a accumulées ont pourri en elle et se sont transformées en colère. Une colère d'une intensité rarement ressentie par un être humain. C'est ce qui a attiré l'attention des esprits. C'est comme si Agathe avait été un phare dans leur monde ténébreux.

– Pourquoi sont-ils rendus si forts ?

– Eh bien, c'est comme si tu attrapais un bébé tigre. Au départ, il a la taille d'un chat adulte. Plus les mois passent et plus il grossit. Une fois adulte, même si tu as l'impression de l'avoir dressé, il devient imprévisible et dangereux. Tu peux toujours le caresser, mais d'un seul coup de gueule, il peut t'arracher le bras.

Madame Oligny fit alors un commentaire qui troubla Adèle.

## chapitre 27

Adèle eut du mal à avaler sa salive.

– Pouvez-vous répéter ce que vous venez de dire ?

– Je viens de te dire que cette fille a abondamment nourri les esprits qui l'accompagnent. Ils sont devenus puissants et ils ravagent tout sur leur passage. Agathe a peu de contrôle sur eux, même si elle pense le contraire. En fait, elle n'a aucun contrôle. Où qu'elle aille, elle demeure une bombe à retardement.

Adèle était maintenant persuadée que madame Oligny disait vrai.

Les évènements de la nuit d'avant ne pouvaient s'expliquer rationnellement.

Adèle sentit son sang se figer en elle.

– Et... et on doit faire quoi pour que ça arrête ?

Un élève passa devant elles.

AMC attendit qu'il soit assez loin pour qu'il ne puisse pas l'entendre.

– Excellente question. Il y a plusieurs problèmes. Le premier, c'est qu'Agathe ne reconnaitra jamais que sa situation est devenue désespérée et dangereuse. Le deuxième, c'est que les esprits sont conscients, dans une certaine mesure, qu'ils font le mal. Et jamais ils ne vont laisser quelqu'un tenter de diminuer leur puissance. Lorsqu'on parle à Agathe, il faut toujours se dire que les esprits entendent.

– Jusqu'où vont-ils aller ?

– Chaque esprit a des intentions cachées. Il a un but qu'il veut atteindre. Dans le cas d'Agathe, il semble qu'on ait affaire à une multitude d'esprits qui ont le même objectif.

– Et cet objectif, quel est-il ?

– Aucune idée. Mais si on ne trouve pas un moyen de les arrêter, ils vont mener à bien leur visée. Et ce ne sera pas beau à voir.

– Comment se fait-il que vous en connaissiez autant au sujet des *polter*... Comment les appelez-vous ?

– Les *poltergeists*. Ce n'est pas la première fois que j'en affronte un.

Cette réponse réconforta quelque peu Adèle.

– En trente ans de carrière avec les adolescents, poursuivit AMC, je crois que j'ai eu affaire à trois ou quatre cas. Mais jamais comme celui-là.

Le peu de soulagement qu'avait ressenti Adèle quelques instants auparavant s'évapora comme une goutte d'eau sur un toit brulant.

– C'est désespéré ?

– Je ne sais pas. Je vais devoir me renseigner. Une femme m'a aidée il y a quelques années. C'est une voyante que j'avais dénichée dans un marché aux puces. Il faudra que je la recontacte.

– Un marché aux puces ?

– Oui. Elle avait un kiosque où elle offrait des consultations. Elle posait des ongles en acrylique aussi. Et vendait des étuis pour les téléphones cellulaires. Quel était donc son nom ?

AMC leva les yeux et se mordit l'intérieur de la joue.

– Il me semble que ça commençait par un G...

– Gérard ?

La surveillante posa un regard froid sur Adèle et répondit sèchement :

– Gérard, c'est un nom d'homme. Et de garagiste qui, dans ses temps libres, découpe des images de tracteurs à pelouse dans les catalogues... Glandula ! Oui, c'est ça, Glandula !

*Quel horrible nom !*

*Personnellement, si j'avais le choix, je ferais plus confiance à une Gérard qu'à une Glandula.*

*Surtout dans un marché aux puces !*

AMC reprit :

– Elle est un peu étrange, mais elle en sait beaucoup sur les esprits. Il y a six ou sept ans, une fille timide se faisait constamment taquiner. Dans le temps, c'est le mot qu'on utilisait. Aujourd'hui, on parle plutôt de harcèlement. Un jour, à la bibliothèque, la commis n'a pas voulu lui prêter un livre. La fille s'est fâchée et les étagères, pourtant vissées au plancher, se sont mises à tomber les unes sur les autres, comme des dominos. Les *poltergeists* surviennent toujours lorsqu'il y a une adolescente profondément troublée et furieuse dans les parages.

– Toujours une adolescente ? Jamais *un* adolescent ?

– Pas à ma connaissance. Les gars, ils ont de la difficulté à faire des boucles avec leurs lacets et à dire trois mots compréhensibles de suite. Tu attends quoi d'eux ?

La cloche annonçant la fin de la période de diner sonna.

– Allez, je fais quelques appels et je t'en reparle. Entretemps, motus et bouche cousue, d'accord ? Pas un mot à tes parents. Ils pourraient poser des gestes aux conséquences graves.

Adèle opina du chef.

– Il ne faudrait surtout pas provoquer les esprits. Jusqu'à ce qu'on sache ce qu'ils veulent et comment les dominer, tu dois t'assurer qu'Agathe ne soit pas contrariée, compris ?

Adèle fit encore oui de la tête.

– Très bien. Je vais aller voir comment va Agathe.

AMC ouvrit la porte de l'infirmerie.

– Madame Oligny ? dit Adèle avant de s'éloigner.

La surveillante se retourna.

– Comment s'est terminée l'histoire avec cette fille timide ?

La réponse fut sans équivoque :

– Mal. Très mal.

## chapitre 28

Le corridor où était située l'infirmerie fut envahi d'élèves enthousiastes à l'idée de retourner en classe après une période de paresse où personne n'avait mis à contribution son cerveau avide de nouvelles connaissances.

Adèle ne put donc pas demander à madame Oligny ce qui était advenu de la fille timide.

L'adolescente souhaitait ardemment que ça ne se termine pas « très mal » avec Agathe.

*Même si cette histoire de poltermachin me terrifie, je me sens en sécurité avec madame Oligny.*

*C'est une femme qui a toujours le contrôle sur la situation, quelle qu'elle soit.*

*Elle est d'un sang-froid exemplaire.*

*Je l'ai déjà vue séparer deux filles qui se battaient, recevoir des coups de poing et se faire tirer les cheveux sans broncher.*

*Si j'avais été à sa place, je me serais mise en petite boule sur le plancher et j'aurais crié comme une damnée en enfer.*

*Heureusement qu'elle est là, madame Oligny.*

*Une fois qu'elle aura trouvé le moyen de nous débarrasser des esprits frappeurs, papa, maman, Agathe et moi, on va former une famille normale.*

*Ce ne sera pas parfait, il va y avoir des accrochages et des tensions, mais aussi beaucoup d'amour.*

*Cette pauvre Agathe sera enfin libérée de ses envahisseurs, les demis, comme elle les appelle.*

En se rendant à son casier, Adèle vit que Bianca, son ancienne meilleure amie, marchait dans sa direction.

Adèle fit comme d'habitude; elle riva son regard au sol.

Lorsqu'elle parvint à sa hauteur, Bianca dit:

– Géniale, ta nouvelle amie.

Puis elle poursuivit son chemin.

Adèle aurait dû ignorer ce commentaire, mais la moutarde lui monta au nez si rapidement qu'elle n'eut pas le temps de songer aux possibles conséquences de ses paroles:

– Elle a besoin d'aide.

Bianca s'arrêta et se tourna vers Adèle.

– Aider à quoi? À sortir avec le plus beau gars de l'école? En excellente amie que tu es, j'imagine que tu ne lui as pas dit ce qu'il lui arrivera quand Mac se désintéressera d'elle?

– Je ne suis pas sa mère et elle est parfaitement au courant. C'est une fille qui a eu beaucoup de difficultés dans la vie.

– T'as déteint sur elle ; c'est pour ça qu'elle agit comme une fille facile.

Cette attaque ajouta de la relish, du ketchup et des piments forts à la moutarde qu'Adèle avait au nez ; on parlait maintenant d'un tout garni.

– Je ne suis pas une fille facile et tu le sais ! Je n'y peux rien si je suis tombée amoureuse du même gars que toi.

– T'as raison, t'as aucun contrôle sur toi. Y'a quelqu'un, quelque part, avec une télécommande, qui t'envoie des signaux pour te dire quoi faire.

– Non, c'est pas ça que j'ai voulu dire. Bianca... Rappelle-toi tous nos fous rires, toutes les folies qu'on a faites... Pourquoi t'es devenue aussi méchante ?

– Peut-être parce que tu m'as brisé le cœur. Tu me connaissais très bien et tu as su où frapper pour faire le maximum de dégâts.

– Non, non... Tu te trompes sur toute la ligne. Je n'ai jamais voulu te faire de mal.

La sonnerie indiquant qu'il ne restait que deux minutes avant le début des cours retentit.

– C'est donc que t'es encore plus idiote que je le croyais. Comment pouvais-tu penser que sortir avec Renaud n'allait pas me détruire ?

Bianca replaça la courroie de son sac à dos sur son épaule.

– Tout le monde dans l'école sait maintenant quel genre de fille tu es. Et ton amie aussi. Ça ne prendra pas de temps avant qu'elle réalise qu'il y a des conséquences à te fréquenter.

– Qu'est-ce que ça veut dire ?

– Tu verras.

– Le directeur a été clair au sujet du harcèlement.

– Très clair. Et le directeur n'y pourra rien.

– Bianca, si toi ou un de tes amis touchez à Agathe, vous allez le regretter.

– Ah oui ? Que va-t-il se passer ? Tu vas te fâcher ?

– Non, pas moi. Mais elle. Et je t'assure que ce sera l'erreur de votre vie.

## chapitre 23

C'est en ricanant que Bianca s'éloigna d'Adèle pour se rendre dans sa classe.

Adèle courut jusqu'à son local.

En y mettant le pied, elle entendit la cloche sonner.

Son professeur lui fit de gros yeux parce qu'elle était presque arrivée en retard.

Adèle fit la moue, demanda pardon et gagna sa place.

Déjà, les élèves autour d'elle discutaient de ce qui s'était produit dans la toilette.

On disait que la « nouvelle fille », dans un accès de rage, avait démoli les lieux.

*Il faut régler le problème d'Agathe avant qu'elle ne s'en prenne aux élèves.*

*Je sais que Bianca et ses amis peuvent faire preuve d'une grande créativité quand vient le temps d'inventer des blagues cruelles.*

*S'ils s'attaquent à Agathe, je n'ose pas imaginer comment elle et ses demis vont réagir.*

*Les demis; j'aurais dû en parler à madame Oligny.*

*Pendant qu'elle se renseigne auprès de sa voyante, je vais essayer d'en apprendre un peu plus sur Agathe.*

Après son cours, Adèle se dirigea vers l'infirmerie.

La porte était verrouillée.

Elle frappa à plusieurs reprises sans obtenir de réponse.

*J'espère que c'est bon signe et qu'Agathe va mieux.*

Adèle chercha sa sœur dans l'école sans la trouver.

Elle se rendit au local de madame Oligny; la porte était également barrée.

Adèle alla à son cours suivant.

Des étudiants affirmaient que la «nouvelle fille» s'était transformée en cet antihéros vert qu'est l'incroyable Hulk; elle avait doublé de taille et ses muscles avaient déchiré ses vêtements.

On rapportait aussi que des poils avaient poussé sur son corps à des endroits inusités, ce à quoi une étudiante avait rétorqué qu'elle expérimentait la même chose quelques jours avant d'avoir ses règles.

Une fois que les éclats de rire s'estompèrent – même le professeur se dilata la rate –, un élève, sérieux comme un comptable, affirma que la «nouvelle fille» réagissait peut-être à la nourriture préparée à la cafétéria et que son organisme, n'étant pas accoutumé à l'absorption rapide d'un grand concentré de produits chimiques, la faisait se transformer en monstre.

*S'ils savaient ce qui se passe vraiment, ils ne feraient pas de blagues.*

En fin de journée, Adèle apprit que dans la classe adjacente à la toilette où s'était réfugiée Agathe, les centaines de poissons que le professeur de sciences entretenait dans un aquarium géant avaient été retrouvés inertes, flottant sur la surface de l'eau.

Finalement, Adèle retrouva Agathe à la maison.

Madame Oligny lui avait accordé congé pour le reste de l'après-midi.

Agathe était assise sur le canapé et regardait un téléroman savon américain à la télévision.

– Comment vas-tu ? demanda Adèle.

– J'ai mal à la tête.

Agathe avait un pansement sur le front.

Adèle retira ses chaussures, posa son sac sur le tapis et s'assit à côté d'Agathe.

– Tu te souviens de quelque chose ?

– Non. Je me rappelle être sortie de la cafétéria et m'être réveillée à l'infirmerie. Madame Oligny me faisait le bouche-à-bouche.

– Quoi ? !

Agathe s'esclaffa.

– Mais nooon, j'te niaise. J'ai perdu connaissance dans les toilettes, c'est ça ?

– Oui. Entre autres.

– Entre autres ?

– Eh bien, t'as fait quelques dégâts.

– Avec mon sang ?

– Non.

– Madame Oligny n'a pas voulu me dire ce qui s'est passé, mais je pense que mes demis se sont amusés un peu.

– Un peu ? Ils ont détruit la salle des toilettes.

Agathe s'empara de la télécommande et changea de chaine.

– Ces temps-ci, ils sont tellement affamés.

– Ça ne peut pas continuer comme ça.

– Ce n'est pas si mal. La situation va se régler lorsqu'ils auront enfin atteint leur but.

– Ah oui ? Et ce but, c'est quoi ?

La réponse d'Agathe remplit Adèle d'effroi.

## chapitre 30

Adèle fit des efforts considérables pour ne pas paraitre troublée.

Agathe n'avait d'abord pas répondu à sa question.

Elle avait plutôt utilisé une métaphore éloquente.

– As-tu déjà eu faim ? avait demandé Agathe sans détacher ses yeux de l'émission débile diffusée à la télévision.

– Bah oui. Comme tout le monde.

– Non. Je te parle d'avoir *vraiment* faim. De ressentir un vide dans l'estomac qui donne l'impression de recevoir des coups de couteau dans le creux du ventre.

– Non, je ne pense pas avoir un jour eu aussi faim.

– Quand t'as besoin de manger, que se passe-t-il ? Comment réagis-tu ?

– Eh bien, je deviens impatiente.

– Imagine que tu n'as pas mangé depuis douze heures.

– Je peux très bien, c'est arrivé il y a quelques mois. Fallait que je sois à jeun pour des prises de sang.

– C'était pénible ?

– Ouais. Et en plus, quand l'infirmière m'a piquée, je suis tombée dans les pommes.

– Maintenant, imagine que tu ne manges pas pendant vingt-quatre heures. Trente-six heures. Deux jours. Puis une semaine.

– Ouf... On meurt pas après une semaine ?

– Non. Un humain peut vivre trois mois sans manger.

– Wow. C'est long !

– Rendue à un certain point, après avoir essayé de te nourrir de bois ou de cailloux, tu vas envisager l'impossible.

Agathe se tut.

À la télévision, une annonce publicitaire vantait les mérites d'un dentifrice.

Agathe changea de poste.

Après quelques secondes de réflexion, Adèle demanda :

– C'est quoi, l'impossible ?

– Tu sais ce qui arrive à maman ours quand elle ne trouve plus rien à manger ?

– Non.

– Elle bouffe ses petits.

– Eurk.

– Oui. Qu'ils soient de sa famille et qu'elle les ait portés, allaités et protégés pendant plusieurs mois ne compte plus. Y'a qu'une chose importante : sa survie.

– C'est horrible.

– C'est pas horrible, c'est instinctif. Y'a même des humains qui l'ont fait.

– Des humains qui ont mangé des humains ?

– Oui. Pendant la Deuxième Guerre mondiale, des soldats allemands ont été coincés en Russie en plein hiver. Après s'être nourris d'oiseaux, de rats, de chats et de chiens, ils ont bouffé leurs camarades morts au combat. Aussi, dans les années vingt, pendant une famine en Russie, des pères et des mères ont mangé leurs enfants. Quand on a faim, la famille ne compte plus.

Un frisson d'horreur avait parcouru le corps d'Adèle.

– Moi, je ne ferais jamais ça.

– C'est facile à dire ; t'as qu'à ouvrir le réfrigérateur pour trouver quelque chose à te mettre dans le ventre. Imagine-toi dans un endroit où il n'y a pas de nourriture. Où tu te nourris occasionnellement et jamais au point où t'es rassasiée. T'es constamment affamée.

– Ce doit être difficile.

– Oui, mais imaginons qu'il y a un espoir : tu sais que si tu parviens à dévorer telle nourriture, tu n'auras plus jamais faim du reste de ta vie. Que vas-tu faire ?

– J'imagine que je vais tout faire pour mettre la main sur cette nourriture.

– Tout, vraiment ?

– Oui, je pense.

Adèle réfléchit.

– Je sais pas. Ça dépend.

– La vérité, Adèle, c'est que tu vas faire tout ce qui est nécessaire pour te procurer la nourriture magique qui va effacer ta faim pour toujours. Parce que la famine nous transforme en animaux sans foi ni loi. T'as beau être la fille la plus gentille du monde, celle qui fait toujours passer les autres avant elle, si tu n'as rien avalé pendant deux semaines, tu vas te transformer en monstre.

Agathe était revenue au téléroman savon américain.

– Pour répondre à ta question initiale, le but de mes demis est de dévorer l'âme d'une personne qui va les libérer, une fois pour toutes, de cette maudite faim qui les tenaille depuis trop longtemps.

Adèle s'était raclé la gorge avant de demander :

– Et cette personne, c'est qui ?

Agathe avait esquissé un sourire en coin.

– C'est quelqu'un que tu connais très bien. Tu le sauras bientôt.

# chapitre 31

Adèle laissa Agathe à son émission et se réfugia dans sa chambre, moins pour faire ses devoirs, comme elle l'avait affirmé, que pour réfléchir à la situation.

*Je crains qu'en creusant encore plus le sujet avec Agathe, je ne provoque l'apparition des esprits frappeurs.*

*S'ils réapparaissent, je préfère que ce ne soit pas dans la maison.*

*Mais qui peut bien être leur cible?*

*Quelqu'un, aux dires d'Agathe, que je connais « très bien ».*

*Renaud, mon amoureux?*

*Il n'a aucun rapport avec cette histoire.*

*Papa?*

*Non, pas lui. Adèle l'aime tellement.*

*Maman?*

*Oh...*

*Je crois bien que ça pourrait être elle.*

*Cela expliquerait pourquoi Agathe est froide avec elle et que je ne l'ai jamais entendue l'appeler « maman ».*

*J'espère que j'ai tort!*

*Si c'est elle, pourquoi ne l'ont-ils pas encore attaquée?*

*Qu'attendent-ils?!*

Le soir, après avoir avalé un infect souper constitué d'un poulet acheté à l'épicerie et d'une salade de choux, Adèle rendit visite à son père qui travaillait dans le garage.

– Je peux te parler ? lui demanda-t-elle alors que l'homme passait le balai.

– Bien sûr. Tout va bien ?

Adèle referma la porte derrière elle.

– Oui, tout va bien. En fait, je pense que tout va bien.

Son père prit le porte-poussière sur l'établi.

– Tu penses ?

– Eh bien, j'aimerais te parler d'Agathe.

Adèle vit son géniteur se raidir.

– Que se passe-t-il ?

– Rien, rien. Je veux juste en connaitre un peu plus sur elle.

En trois coups de balai, l'homme se débarrassa de son tas de détritus.

– T'as qu'à lui poser des questions.

– C'est que... je crois que t'es le seul à connaitre les réponses.

Le père d'Adèle vida le contenu du porte-poussière dans la poubelle.

– Pose tes questions, on verra si je peux y répondre.

– Depuis qu'Agathe est arrivée, tu ne trouves pas que c'est plus lourd dans la maison ?

– Non. Pas vraiment.

Son père cherchait à se dérober.

– Papa, sois honnête. Encore ce soir, maman n'a pas soupé avec nous.

– Elle est très occupée au boulot.

– Je ne te crois pas. Jamais elle n'a fait d'heures supplémentaires de sa vie, et, tout d'un coup, elle travaille tout le temps. Elle veut éviter la compagnie d'Agathe.

– Voyons, ne dis pas de sottises.

Le père d'Adèle avait mis si peu de conviction dans ses paroles qu'il conforta Adèle dans ses opinions.

– Papa... Je n'ai plus six ans. Dis-moi ce qui se passe. Jamais maman et toi ne vous êtes disputés. Depuis quelque temps, tous les jours ou presque, il y a un accrochage entre vous deux. Je me doute bien que ça a un rapport avec Agathe.

Le père nettoya la surface de son établi.

– Ce sont des histoires d'adultes, Adèle.

– Des histoires d'adultes qui me concernent aussi, papa. Je vis dans cette maison et je suis la seule à ne pas savoir ce qui s'y passe.

*N'insiste pas, Adèle.*

*La vérité va te blesser, tu le sais.*

*Si ton père te cache des informations, c'est qu'il sait qu'il n'est pas dans ton intérêt de les connaître.*

*Il a raison : ce sont des histoires d'adultes.*

*Je ne devrais pas insister, je le sais.*

*Mais...*

Devant le silence de son père, qui indiquait qu'il était sur le point de craquer, Adèle ne put résister à la tentation de revenir à la charge.

– Papa, dis-moi ce qui se passe.

– D'accord, mais tu risques d'être drôlement surprise.

# chapitre 32

– Agathe est ta sœur.

Adèle analysa les diverses significations que pouvait prendre l'assertion de son père et dit :

– Elle est ma sœur dans le sens que je dois la traiter comme telle ?

Son père fit non de la tête.

– Elle est ta vraie sœur. En fait, elle est ta demi-sœur.

Adèle tentait de placer les morceaux du casse-tête en place, mais c'était comme si elle le faisait les yeux bandés.

– Je ne comprends pas. Maman et toi, ça fait plus de vingt ans que vous êtes ensemble.

– Je sais.

C'est à ce moment-là que les pièces se mirent en place toutes seules, comme si elles étaient vivantes.

– Oh... Tu l'as... tu l'as... tu l'as trompée !

Son père garda la tête basse.

– C'est ça ? poursuivit Adèle. Tu l'as trompée avec une autre femme qui est tombée enceinte d'Agathe ?

– Oui. C'est ça.

Un sentiment de dégout à l'endroit de son père envahit chacune des cellules de l'adolescente.

– Pourquoi ? Pourquoi t'as fait ça à maman ?

– Je sais pas. C'était difficile. On essayait depuis plusieurs années d'avoir des enfants. Ta mère a fait plusieurs fausses couches...

– C'est elle qui a enduré les fausses couches, pas toi ! La solution que t'as trouvée a été de passer du bon temps avec une autre femme ?!

– C'est plus compliqué que ça, mon P'tit miracle.

– Ne m'appelle pas ton P'tit miracle. C'est dégueulasse ce que t'as fait.

– Je sais. Je sais tout ça. C'est une histoire d'un soir qui ne devait avoir aucune conséquence.

– Et cette femme, tu savais que tu l'avais mise enceinte ?

– Non, non. Pas du tout. Sinon, je me serais occupée d'Agathe. Je n'ai rien su ; je ne connaissais même pas le nom de famille de la mère et je ne l'ai plus jamais revue par la suite. Il y a quelques semaines, j'ai reçu un appel. Une travailleuse sociale m'a annoncé que j'avais une fille et qu'elle était orpheline. Je ne l'ai pas cru. Elle m'a alors demandé de passer un test d'ADN. Je l'ai fait sans rechigner, parce que je me disais que c'était impossible.

– Et Agathe est ta fille ?

– Le généticien affirme qu'il y a une chance sur sept-cent-millions qu'elle ne le soit pas.

L'image qu'avait toujours eue Adèle de son père, celle, rassurante, d'un homme droit et intègre qui avait toujours fait preuve d'une qualité morale sans faille à l'endroit de sa femme et de sa fille, venait de voler en éclats à cause de quatre petits mots : « Agathe est ta sœur. »

– C'est donc pour ça, les disputes avec maman ? Il a fallu que tu lui apprennes que t'as eu un enfant avec une autre femme.

Le père fit oui de la tête et dit :

– Cette enfant est maintenant seule au monde et je dois m'en occuper. Évidemment, chaque fois que ta mère est dans la même pièce qu'Agathe, ça lui rappelle brutalement que je l'ai un jour trahie.

Adèle prit quelques instants pour remettre ses idées en place.

– Qu'est-il arrivé à la mère d'Agathe ?

– Elle est morte dans un accident étrange.

– Étrange ?

– La travailleuse sociale m'a raconté qu'elle était tombée chez elle dans le lave-vaisselle ouvert. Des couteaux dont la lame était pointée vers le haut ont transpercé son corps.

– Agathe était là ?

– Oui, elle a assisté à l'évènement. Je t'ai dit qu'elle avait eu une vie difficile. Quelques mois plus tard, elle s'est retrouvée dans une première famille d'accueil ; un incendie a tout ravagé, y compris les occupants, trois enfants et les deux parents. Agathe a été la seule survivante. Puis, dans la famille suivante, il y a eu une intoxication au monoxyde de carbone. L'automobile familiale était dans le garage attenant à la maison et personne ne s'est rendu compte que le moteur tournait. Le père, la mère et un enfant ont péri, mais...

Adèle ne laissa pas son père terminer sa phrase.

– Mais Agathe a survécu.

– Oui. Un miracle. Et il y a eu cet accident de voiture. Un capotage. Sur six personnes, Agathe a été la seule à s'en sortir indemne. Quand je t'ai dit que c'était une fille fragile, je ne rigolais pas.

Adèle fit plusieurs gestes répétés de la tête, indiquant qu'elle n'était pas d'accord avec son père :

– Au contraire, papa. Elle est beaucoup plus forte que tu ne le penses.

## chapitre 33

Lorsqu'Adèle affirma qu'Agathe n'était pas fragile, son père l'interpréta à sa manière.

Pour lui, Agathe était forte parce qu'elle avait traversé plusieurs tragédies et que, malgré tout, elle s'en sortait plutôt bien.

Pour Adèle, sa nouvelle sœur était résistante, puissante même, parce que tous les accidents dans lesquels elle avait été impliquée avaient été provoqués par les esprits frappeurs.

*Mais sa propre mère ?*

*Est-ce qu'Agathe a laissé ses demis l'assassiner ?*

*Une mère, c'est la personne la plus importante dans la vie d'un individu.*

*C'est elle qui, quand on est enfant, nous protège, nous cajole et nous nourrit.*

*Je sais qu'à l'adolescence, il peut y avoir des tensions entre un enfant et sa mère.*

*Moi, je me dispute régulièrement avec la mienne, et souvent pour des pacotilles.*

*Il m'arrive d'être tellement fâchée contre ma mère, soit parce qu'elle ne partage pas mon point de vue, soit parce qu'elle ne me comprend pas ou parce qu'elle veut m'imposer sa manière de vivre, que je veux l'étrangler...*

*Au figuré, bien sûr.*

*Je ne veux pas* vraiment *la voir mourir.*

*Est-ce qu'Agathe a poussé sa mère dans le lave-vaisselle ?*

*Est-ce qu'elle a un contrôle sur ses demis ?*

*Je crois que tous les autres accidents, comme l'incendie, l'empoisonnement au monoxyde de carbone et le carambolage, ont été déclenchés par les demis d'Agathe.*

*Ma nouvelle sœur n'est pas la fille la plus chanceuse du monde parce qu'elle s'en est sortie: elle est la plus dangereuse.*

Alors que l'adolescente posait sa main sur la poignée de la porte qui séparait le garage du reste de la maison, son père l'interpela:

– Adèle?

– Oui? répondit-elle, sans se retourner.

– Je suis désolé du mal que je t'ai fait.

– C'est plutôt à maman que tu dois demander pardon.

L'adolescente sortit.

Elle savait que plus jamais elle n'aurait la même image de son père.

Le fait qu'il ait trompé son épouse et, qui plus est, dans un moment où elle était vulnérable, c'est-à-dire après plusieurs fausses couches, était, selon Adèle, un geste de haute trahison.

*Un « égarement », il a dit.*

*C'est inexcusable.*

Adèle aurait voulu que sa mère soit là pour la serrer très fort dans ses bras.

Jamais elle n'aurait cru son père – son propre père! – capable d'une telle ignominie.

Ce genre de situation se produisait dans les téléromans, dans les films ou, au pire, chez les voisins, mais pas dans sa famille!

*Je dois en savoir plus sur Agathe.*

*Plus je vais posséder d'informations sur son passé, meilleures seront les chances pour madame Oligny de se débarrasser des esprits frappeurs qui ont déjà fait trop de dégâts.*

*On ne parle pas de matériel, on parle d'êtres humains!*

*Combien de personnes ont-ils assassinées?*

*Une dizaine, au moins.*

*Et maman est peut-être la prochaine sur leur liste...*

*Agathe ne semble aucunement l'apprécier, ses sourires sont forcés quand elle lui parle.*

*Combien de temps me reste-t-il avant que les demis agissent?*

*Les esprits frappeurs ont faim.*

*Agathe m'a dit qu'ils étaient tout près de leur but ultime.*

*La nourriture qu'ils cherchent, celle qui effacera à tout jamais la sensation de faim qui les rend si agressifs, est peut-être l'âme de ma mère.*

*Pourquoi elle?*

*Qu'est-ce qu'elle leur a fait?*

*Elle n'a aucun rapport dans cette histoire.*

*Agathe devrait même la remercier; elle est gentille d'accueillir au sein de notre famille la preuve irréfutable de la trahison de mon père.*

En se dirigeant vers sa chambre, Adèle remarqua qu'Agathe était sous la douche.

Elle s'arrêta devant la porte fermée du repère de sa sœur.

Son père était toujours dans le garage.

Adèle hésita.

Puis elle mit la main sur la poignée, la tourna et poussa la porte.

## chapitre 34

Un relent de peinture fraiche envahit les narines d'Adèle.

L'adolescente tâtonna le mur à la recherche de l'interrupteur.

La lumière se fit et Adèle fut impressionnée par l'ordre qui régnait dans la chambre.

Il n'y avait aucun vêtement sur le sol, les draps du lit étaient lisses comme une peau de bébé et chaque chose était à sa place.

Cela signifiait qu'Adèle ne pouvait rien déplacer sans laisser de traces : une fille aussi ordonnée qu'Agathe allait immédiatement se rendre compte que quelqu'un était venu dans sa chambre.

Adèle se risqua tout de même à explorer la pièce.

Elle jeta un œil sous le lit, dans la garde-robe et sur le bureau.

*Rien d'intéressant.*

Elle avait encore un peu de temps, car l'eau circulait toujours dans les tuyaux de la salle de bains.

Adèle s'apprêtait à ouvrir le tiroir du bureau lorsque son téléphone cellulaire vibra.

Elle sursauta et répondit.

C'était Renaud qui lui disait qu'il l'aimait.

Adèle échangea quelques mots avec son amoureux, raccrocha et ouvrit le tiroir.

Il y avait un étui à crayons, des feuilles lignées, une calculatrice et un carnet rouge aux coins racornis et dont les pages étaient retenues par deux élastiques.

L'adolescente prit le carnet et l'examina.

Il était vieux et la couverture était tachée par ce qui semblait être de l'encre.

Elle retira les élastiques et ouvrit le carnet.

Une photo tomba à l'envers sur le bureau.

Adèle la retourna.

Une petite fille fêtant son premier anniversaire de naissance était assise sur une chaise haute.

Devant elle trônait un gâteau sur lequel scintillait une chandelle en forme de « 1 ».

La petite fille avait les mains plongées dans le dessert.

À gauche, un homme la regardait en souriant.

*C'est papa !*

*Je le reconnais !*

*Et cette petite, ça ne peut qu'être Agathe…*

*Comment c'est possible ?*

*Papa vient de me dire qu'il ne savait pas qu'il avait eu un enfant avec la femme avec laquelle il a trompé maman.*

*Est-ce qu'il m'a menti?*

Adèle replaça la photo dans le carnet puis elle en parcourut rapidement les pages.

Plusieurs noms étaient inscrits, ainsi que des dates.

Adèle entendit Agathe fermer les robinets de la douche.

Elle prit son téléphone cellulaire, activa l'application photo et prit des clichés du plus grand nombre possible de pages du carnet rouge.

Elle le plia et replaça les élastiques, mais l'un d'eux se brisa.

*Schnoute!!!*

Adèle n'avait pas le temps d'en trouver un autre; le temps pressait.

Elle remit le carnet dans le tiroir et le ferma.

Puis elle abaissa l'interrupteur et referma la porte de la chambre.

Elle entra dans la sienne et s'y confina.

Adèle resta le dos collé contre sa porte pendant quelques minutes, le temps qu'Agathe sorte de la salle de bains et intègre sa chambre.

*Je ne crois pas avoir laissé d'indices derrière moi.*

*Enfin, je l'espère.*

*Si ce maudit élastique ne s'était pas brisé, rien n'aurait trahi ma présence.*

*Peut-être qu'Agathe ne se rendra compte de rien.*

*C'est une fille organisée, mais peut-être pas au point de se rappeler un détail aussi insignifiant.*

Adèle entendit Agathe fermer sa porte.

*C'est le moment de vérité.*

*Si elle découvre un signe de ma présence, c'est sûr qu'elle va me le faire savoir.*

Il sembla à Adèle que les minutes s'écoulèrent comme des heures.

Agathe était toujours dans sa chambre.

La fouille interdite d'Adèle passait inaperçue.

Soulagée, Adèle se laissa tomber sur son lit.

Elle sentit quelque chose dans son dos.

Elle se redressa et fureta sous ses couvertures.

Elle mit la main sur un objet dont la texture l'intrigua.

Lorsqu'elle sut ce qu'elle avait dans la main, elle poussa un cri d'effroi.

## chapitre 35

Adèle se leva brusquement et s'éloigna le plus loin possible de l'horreur qu'elle venait de découvrir dans son lit.

C'était sa perruche Gertrude.

La dernière fois qu'elle avait vu l'oiseau, Adèle avait remarqué ses plumes ternes, ses yeux et son bec entrouverts, sa poitrine renfoncée et ses pattes droites comme un I.

On frappa trois coups à la porte de la chambre de l'adolescente.

– Adèle? Ça va?

C'était Agathe.

– Oui. Oui, ça va. J'ai... j'ai regardé un truc sur Internet qui m'a vraiment fait peur.

– *Shiiite*, c'était quoi? La vidéo d'un gros monsieur qui parle avec son nombril? Tu m'as fait sursauter.

– Ça va, je vais mieux, merci.

– Arrête d'aller sur des sites bizarres. Ça va te faire mourir.

– Oui, merci.

Lentement, comme si Gertrude pouvait ressusciter et lui dévorer le visage, Adèle s'approcha de sa défunte perruche.

Au passage, elle mit la main sur un bâton de hockey brisé qu'elle avait trouvé dans sa garde-robe lorsqu'elle avait aménagé dans cette maison et qu'elle conservait depuis sous son lit.

Ce bâton lui donnait l'impression qu'elle pouvait se défendre si un voleur entrait par sa fenêtre.

Avec le bout de son arme, elle repoussa les draps qui jonchaient le lit et sur lesquels reposait la perruche.

Mais voilà, l'oiseau n'y était plus.

*Voyons, je ne suis pas folle!*

Adèle fit preuve de courage et abandonna son bâton de hockey.

Elle effectua ses recherches à mains nues.

Elle trouva ses écouteurs et un élastique à cheveux, mais pas de perruche morte.

Trois coups résonnèrent encore une fois à la porte de sa chambre.

– Adèle, je peux entrer?

C'était son père.

– Oui.

L'homme ouvrit la porte et fit un pas dans la chambre.

– C'est toi qui as crié?

Tout en observant son lit centimètre carré par centimètre carré, Adèle répondit:

– Oui, je... j'ai vu un truc qui m'a fait peur.

– C'était quoi? Je t'ai entendue du garage.

– Oh, un truc sur Internet. Dis, t'as fait quoi de la perruche?

– Je m'en suis débarrassé.

– Ici?

– Non, je ne voulais pas que tu tombes dessus par hasard. Je l'ai mise dans un sac et je l'ai jetée dans un conteneur derrière la bâtisse de mon bureau. T'aurais peut-être voulu l'enterrer? Malheureusement, il est trop tard, parce que les conteneurs ont été vidés cette nuit.

– Non, ça va. Je me demandais, c'est tout.

– Est-ce que tu vas bien ? Tu sembles préoccupée.

*Un peu.*

*En moins de dix minutes, papa, j'ai appris que t'as trompé maman avec la première venue et que tu m'as menti en me disant que tu ne savais pas que cette première venue avait eu un enfant.*

*Ensuite, en me couchant sur mon lit, j'ai découvert Gertrude sous mes couvertures ; mais je ne la trouve plus et tu viens de me dire que tu l'as jetée aux rebuts à vingt kilomètres d'ici.*

*Mais bon, peut-être que tu me mens encore une fois.*

– Ça va aller, dit Adèle. J'ai perdu ma gomme à effacer.

– D'accord. Adèle ?

– Ouais ?

– Je voulais encore te dire que je suis désolé pour ce que je te fais vivre. Je vais m'en vouloir pour le reste de ma vie.

– Je sais, dit Adèle, sèchement.

Son père ferma lentement la porte.

Adèle s'assit sur la chaise de son bureau.

Son téléphone cellulaire vibra.

*Renaud, surement.*

Ce n'était pas lui.

Le message qu'elle venait de recevoir lui stoppa net le cœur.

# chapitre 36

Le message texte en question provenait d'Agathe : « Qu'es-tu venue faire dans ma chambre ? »

Adèle se sentit blêmir.

*Qu'est-ce que je fais ?*

*Je nie ou j'avoue ?*

*Si je nie et que j'ai laissé un gros indice de ma présence, je vais être humiliée.*

*Si j'avoue, je vais aussi me sentir humiliée et quelque chose sera brisé entre Agathe et moi.*

*Je suis tellement stupide d'avoir mis les pieds où je ne devais pas !*

Adèle opta pour la tactique du statu quo.

Elle éteignit son téléphone cellulaire et le glissa sous une pile de vêtements sales.

*De cette manière, si Agathe me demande pourquoi je ne lui ai pas répondu, je pourrai lui dire que j'ai égaré mon téléphone cellulaire.*

*Ça va me laisser du temps pour réfléchir à une façon de m'en sortir honorablement.*

L'adolescente entama ses devoirs, non sans avoir préalablement inséré ses écouteurs dans ses canaux auditifs et activé son lecteur numérique ; ainsi, elle pourrait ignorer toutes les personnes qui frapperaient à sa porte pour lui demander ce qu'elle avait fait dans une autre chambre que la sienne.

Adèle se creusa la tête pour trouver une réponse pas trop compromettante à la question d'Agathe, une réponse qui ne lui ferait pas perdre la face.

Elle n'en trouvait pas.

*Et dire que madame Oligny m'a demandé de ne pas provoquer Agathe!*

*J'espère qu'AMC trouvera une manière de nous débarrasser de ces pestes d'esprits frappeurs!*

Ne pouvant se concentrer sur son devoir de mathématiques, l'adolescente fit une recherche sur Internet au sujet du phénomène des *poltergeists*.

Elle apprit que le mot était apparu la première fois dans un dictionnaire datant de 1540.

Les premières manifestations répertoriées remontaient avant l'an 1000 et on retrouvait des histoires d'esprits frappeurs dans différentes cultures situées sur les cinq continents.

La plupart des cas de *poltergeists* récents avaient trouvé une explication rationnelle ou s'étaient avérés une fraude.

Par exemple, des coups sourds entendus dans une maison de campagne en France provenaient non pas d'esprits, mais d'une rivière souterraine qui frappait sur les parois d'un puits d'eau à quelques mètres de la résidence.

En Australie, des feux se déclarèrent inexplicablement dans une maison; on crut à une manifestation d'esprits frappeurs, mais, dix jours plus tard, un garçon et son amie étaient reconnus responsables des foyers d'incendie.

Plusieurs phénomènes paranormaux attribués à des esprits frappeurs n'avaient cependant jamais été expliqués.

Les sceptiques affirmaient que la science n'était pas encore assez avancée pour fournir une interprétation rationnelle.

Quant à eux, les croyants prétendaient que la science, aussi évoluée soit-elle, n'aurait jamais réponse à tout et qu'elle devait reconnaitre l'existence de l'incompréhensible.

Nulle part, cependant, Adèle ne trouva mention de l'expression « demi ».

L'adolescente en conclut qu'il s'agissait d'une formulation inventée par Agathe.

Adèle poursuivit ses recherches et constata qu'une donnée revenait à tout coup, autant dans les canulars que dans les cas « véritables » : chaque fois, une adolescente était impliquée.

Des psychiatres prétendaient que la jeune fille pouvait être si convaincante dans ses hallucinations qu'elle corrompait ses proches, qui se disaient prêts à jurer sur la tête des gens qu'ils aimaient qu'ils avaient assisté à tel ou tel phénomène paranormal.

*L'incompréhensible existe, je suis en train de le vivre !*

*Y'a rien dans la science qui peut expliquer l'état dans lequel on a retrouvé le salon, la mort bizarre – et sa réapparition ! – de ma perruche et le bris du miroir et des éviers dans la toilette des filles de l'école.*

*Pas même une hallucination.*

*Il a fallu que ça tombe sur ma famille !*

Adèle fit un tour sur un site de vidéos en ligne et tapa «*poltergeist*» dans l'engin de recherche.

Des images apparurent et lui donnèrent la chair de poule : des meubles se déplaçaient seuls, de la vaisselle était violemment expulsée d'armoires et se fracassait sur des murs, des ombres apparaissaient et disparaissaient, et des coups et des gémissements provenaient de murs.

*Bravo, Adèle, t'as trouvé un moyen génial pour te permettre de t'endormir en paix.*

*Je ne serais pas moins terrifiée si je savais ma chambre envahie de mygales, scorpions et autres anacondas !*

*Dire que des* poltergeists *se produisent dans ma maison et dans mon école !*

*J'ai hâte d'en discuter avec madame Oligny.*

Ce soir-là, Adèle se coucha sans prendre sa douche, sans se brosser les dents et sans vider sa vessie ; elle avait beaucoup trop peur de croiser Agathe et de déclencher chez elle un état qui aurait excité ses demis.

Mais l'adolescente fut forcée de sortir de sa chambre à deux heures du matin.

# chapitre 37

Adèle fut réveillée par une forte nausée; jamais elle n'en avait éprouvé une aussi puissante.

Même quand elle avait été intoxiquée quelques mois plus tôt par des fruits de mer, elle n'avait pas ressenti un mal de cœur aussi intense.

Ce n'était pas du genre: « Je suis indisposée, j'espère que ça va passer », mais plutôt: « Je DOIS trouver une TOILETTE parce que je vais VOMIR... MAINTENANT! »

Adèle se jeta hors de son lit et, une main sur la bouche, courut jusqu'à la salle de bains.

Il lui semblait avoir un caillou au creux du ventre, comme si elle avait avalé un gros morceau de nourriture sans l'avoir préalablement mastiqué.

L'adolescente releva le couvercle et la lunette de la toilette, et fut surprise par une vive douleur à l'œsophage.

En moins d'une minute, elle expulsa ses derniers repas.

Adèle écarquilla les yeux et se releva, ahurie et dégoutée.

– Ces demis, ce sont de vrais farceurs!

Agathe était dans l'embrasure de la porte, une épaule appuyée sur le chambranle et les bras croisés sur sa poitrine.

– Comment... comment c'est possible? demanda Adèle, le dos de la main sur la bouche.

– Avec les demis, beaucoup d'impossibles deviennent possibles.

Sentant qu'elle allait de nouveau vomir, Adèle détourna son regard du fond de la cuvette.

Elle tira la chasse d'eau.

– Oh, dit Agathe, tu es en train de renvoyer ton oiseau. Papa l'a mis dans un conteneur qui a été vidé dans un camion à ordures, qui a été vidé dans un dépotoir. Mais ça n'a pas empêché les demis de le faire apparaitre sous tes couvertures. Et dans ton ventre. Donc, t'es allée dans ma chambre. Qu'y as-tu donc fait ?

Adèle s'assit sur le bord du bain.

– Je... je veux savoir qui tu es.

– Je suis ta demi-sœur.

– Je sais. Papa me l'a dit.

Agathe rejoignit Adèle sur le bord du bain.

– Je me demande pourquoi il te l'a dit. Je l'appelle papa ; il me semble que c'est clair, non ?

– Je croyais que c'était une manière de parler.

Agathe replaça une couette de cheveux derrière l'oreille de sa demi-sœur.

– T'es mignonne. Sois honnête, c'est difficile pour une enfant unique de partager son père, non ?

Adèle ne répondit pas.

– Papa, je l'adore, mais il a fait une erreur que je ne pourrai peut-être jamais lui pardonner ; celle de m'abandonner. Il pensait qu'en déménageant et en modifiant son numéro de téléphone, on ne pourrait pas le retrouver. Il a même changé son nom de famille pour prendre celui de sa mère. Sa tactique a fonctionné pendant quinze ans, jusqu'à ce qu'une travailleuse sociale plus zélée que les autres le déniche. En fait, je pense qu'elle voulait se débarrasser de moi, mais ça, c'est une autre histoire.

Adèle se rappela les propos de madame Oligny et décida de passer à l'offensive.

– Tu as tué tous ces gens ? Ces gentilles personnes qui t'ont accueillie dans leur famille ?

– Je n'ai jamais tué personne.

– Alors ces demis, comme tu dis, ce sont eux les responsables ?

– Plus ou moins. Dans notre monde, quand il y a des accidents malheureux, on dit que c'est le destin ou le hasard. Y'a peut-être juste ma mère que j'ai aidée un peu. J'ai ouvert la porte du lave-vaisselle pendant qu'elle fouillait dans les armoires, debout sur une chaise. Quand elle a vu que j'avais mis tous les couteaux la lame vers le plafond, elle a pété les plombs. J'ai perdu connaissance et quand je me suis réveillée, c'était fait.

Pour la première fois durant cette conversation, Adèle regarda sa sœur droit dans les yeux.

– Comment as-tu pu les laisser faire ? C'était ta mère !

– On se chicanait tout le temps. Et elle voulait m'empêcher de retrouver papa. Elle avait fait une croix sur lui, mais pas moi.

– Pourquoi tuer tous ces gens innocents ?

– Arrête avec tes larmoiements. Personne n'a tué personne. Toute seule, je n'avais pas les moyens pour découvrir où se cachait papa. En changeant régulièrement de famille et en expérimentant des traumatismes qui ont fait de moi une martyre, certaines personnes, dont cette travailleuse sociale, ont cherché à le retrouver. J'ai fait travailler les autres, en quelque sorte.

Agathe fit une pause avant de dire :

– Si jamais tu retournes dans ma chambre, c'est dans ta tête que les demis feront apparaitre ta perruche, compris ?

## chapitre 38

Le lendemain, à l'école, Agathe attira tous les regards.

C'était elle, la nouvelle fille étrange.

Les premières rumeurs à son sujet avaient accouché de nouvelles rumeurs encore plus folles.

Un élève avait pénétré dans la toilette et avait pris des photos des dommages.

Ces photos s'étaient propagées de téléphone en téléphone aussi rapidement que le virus de la gastroentérite dans une garderie.

La nouvelle fille avait détruit les éviers de la toilette avec ses mains.

Elle avait réservé le même destin au miroir supposément incassable.

On disait d'Agathe qu'elle était une adepte d'un art martial ancien oublié depuis le 15ᵉ siècle ; à l'aide de méditation, de concentration et d'une diète riche en oméga-6, cet art décuplait la force physique de celui qui le pratiquait.

Avis à ceux ou celles qui se mettraient au travers du chemin de la nouvelle fille : elle pouvait décapiter un être humain avec la tranche de sa main !

Si ces histoires ridicules amusaient les élèves en mal de sensations fortes, elles ne faisaient aucunement sourire Adèle.

Les menaces qu'Agathe lui avait proférées la veille lui laissaient un gout âcre dans la bouche.

Comme s'il ne s'était rien produit, Agathe s'était réveillée de bonne humeur.

Lorsqu'elle avait vu Adèle sortir de sa chambre, elle avait même osé lui demander si elle avait passé une bonne nuit.

Adèle avait gardé le silence pendant le déjeuner et le trajet d'autobus.

La seule chose qui lui importait était de discuter avec madame Oligny des esprits frappeurs le plus rapidement possible.

*Que veut Agathe, au juste ?*

*Quel est son objectif final ?*

*Qui sera la prochaine personne offerte en sacrifice aux demis ?*

*Je sais maintenant qu'Agathe a souffert du rejet de mon – notre ! – père ; là est le nœud du problème.*

*Mais avoir retrouvé son père ne lui suffit pas.*

*Va-t-elle anéantir tout le reste de ma famille quand elle va se rendre compte que la réalité n'est pas aussi jolie que dans ses fantasmes ?*

*Et ces demis, ils rôdent autour de moi.*

*Ils semblent entendre tout ce que je dis et voir tout ce que je fais.*

*Je suis prisonnière, je ne peux pas agir.*

*C'est terrifiant…*

– Tu sais avec qui j'ai texté hier soir ? avait demandé Agathe à Adèle dans l'autobus.

Adèle, toujours en regardant vers la fenêtre, avait fait non de la tête.

– Mac. On se rencontre ce soir, après sa pratique de football.

– Ah bon.

– Pourquoi t'es bête avec moi ? C'est toi qui es allée dans ma chambre sans mon autorisation, pas moi.

– Je ne suis pas bête.

– Oui. Tu ne m'as pas dit un mot depuis ce matin. Ce n'est pas une manière de traiter sa sœur.

– Désolée.

– Bref, je rencontre Mac ce soir. Tu connais beaucoup de filles qui ont eu cette chance aussi rapidement ?

– Je t'ai déjà dit que c'était pas une chance.

– C'est vrai qu'il n'est pas une 100 watts. Je n'ai presque rien compris de notre conversation d'hier. Et elle a duré plus de trois heures! Il s'exprime comme s'il avait une patate dans la bouche.

Agathe s'était esclaffée.

Pas Adèle.

– Tu sais ce que je pense de lui.

Agathe avait posé une main sur la cuisse d'Adèle.

– Je sais quel genre de gars il est. Ce qu'il ignore, c'est que le chasseur, c'est moi. Pas lui.

*En fait, ce n'est pas Agathe que je devrais mettre en garde, mais Mac!*

*S'il se rend à ce rendez-vous, Agathe pourrait bien être la dernière fille qu'il va voir de sa vie.*

Avant même que l'autobus se soit arrêté devant l'école, Adèle s'était levée, sac à dos à la main, prête à sortir.

– Adèle, avait dit Agathe avec un grand sourire.

– Oui?

– Tu salueras madame Oligny de ma part.

## chapitre 35

Avant la première période de cours, madame Oligny devait parcourir les couloirs où se trouvaient les casiers.

Adèle plongea dans la mer d'élèves et partit à la recherche de la surveillante.

L'adolescente naviguait lentement, ralentie par les vagues successives d'étudiants et d'étudiantes qui allaient à contrecourant.

Parce que madame Oligny était petite, il n'était pas aisé de la repérer.

Adèle la découvrit face aux fontaines d'eau; elle admonestait deux garçons qui, pour une raison propre aux boutonneux de quatorze ans, trouvaient amusant de se cracher dessus.

Les deux adolescents s'éloignèrent et Adèle interpela la surveillante:

– Madame Oligny, je dois vous parler.

– Adèle! Je suis heureuse de te voir. Moi aussi, je dois te parler; j'ai du nouveau. J'ai réussi à parler à Glandula.

Les deux cracheurs de salive n'avaient pas fait dix pas qu'il recommencèrent leur manège.

La surveillante cria:

– Hey, les lamas, c'est assez!

Adèle tenta de capter l'attention de madame Oligny.

– Il y a tout plein de morts reliés aux esprits frappeurs d'Agathe. Au moins dix. Et elle s'apprête à sacrifier quelqu'un d'autre, mais je ne sais pas c'est qui. Je crois que ce sera ma mère. Et les esprits frappeurs, ils entendent et voient tout. Hier, je suis allée...

Madame Oligny la coupa :

– Tu parles trop vite. Je sais que plus ils sont puissants, plus les esprits sont omniscients. Agathe les a beaucoup nourris et elle n'a quasiment plus aucun contrôle sur eux.

– Que peut-on faire ?

– La colère.

Les deux garçons se tiraillèrent de nouveau.

– Les gars, je ne me promène pas avec des verres fumés, une canne blanche et un chien-guide. Je vous ai vus !

– Quoi, la colère ? demanda Adèle.

– C'est la clef. Dès qu'Agathe est un peu fâchée, les esprits frappeurs s'activent. Avant, pour qu'ils se manifestent, il fallait qu'elle soit furieuse. Maintenant, dès qu'elle est un peu contrariée, ils apparaissent. Mon hypothèse est qu'elle n'a qu'à penser maintenant à quelque chose qui la met hors d'elle-même pour réveiller les esprits.

– Elle m'a parlé d'une nourriture que les esprits cherchent et qui va faire en sorte qu'ils n'auront plus faim.

– Oui, je suis au courant de cette histoire d'appétit. Les esprits doivent monter de niveau pour enfin mettre la main sur la nourriture ultime. Au début, ils mangent des cibles faciles, comme des animaux. Puis ils s'attaquent aux humains. Il y a un lien entre les esprits frappeurs et Agathe. Il faut le trouver.

– Quel genre de lien ? Les esprits n'ont jamais existé dans notre dimension.

– Je l'ignore complètement, mais la source de leur colère et celle d'Agathe sont unies. Les gars, arrêtez immédiatement ou j'attache vos langues ensemble !

Les réponses de madame Oligny ne satisfirent pas le sentiment d'urgence d'Adèle.

Elle voulait une solution simple, efficace et rapide, pas des explications théoriques.

De plus, le bruit ambiant et les deux crétins en manque d'attention l'irritaient.

Elle aurait voulu parler seule à seule avec la surveillante.

– Que peut-on faire ?

– Il faut chercher et briser le lien qui existe entre Agathe et les esprits frappeurs.

– OK. On fait comment ?

– Il faut trouver ce qui les relie. Agathe s'est identifiée aux *poltergeists* et vice-versa. C'est comme ça qu'ils ont formé une entité dévastatrice. Les gars, je vais me fâcher ! Je suis sur le point de vous envoyer chez le directeur.

La surveillante fouilla dans la poche de son pantalon et sortit un collier qu'elle tendit à Adèle.

– C'est une amulette. Porte-la. Elle va te rendre invisible aux yeux des esprits frappeurs. Elle doit absolument toucher ta peau.

Adèle regarda la mince lanière de cuir au bout de laquelle était attaché un objet long, croche, dur et de couleur brune.

– Qu'est-ce que c'est ?

– Le doigt d'un mort.

– Quoi ? !

– C'est assez, les gars !

D'un pas lourd, madame Oligny se dirigea vers les deux garçons qui ne se tiraillaient plus, mais qui échangeaient de véritables coups de poing.

C'est alors qu'un bruit métallique fracassa l'atmosphère.

## chapitre 40

Antoine et Martin, deux élèves de l'école, avaient eu leur brillante idée en classe d'informatique.

Au lieu de travailler sur leur projet, ils avaient parcouru Internet afin de trouver les vidéos les plus divertissantes et les plus insignifiantes possibles.

Un jour, ils étaient tombés sur celle d'un chemin constitué de plus de cinq mille dominos ; dès que le premier tombait, il entrainait tous les autres.

Les deux adolescents furent conquis par la beauté des enchainements.

C'est ainsi que germa dans leur tête l'idée de faire de même, mais avec les casiers de l'école.

Des années auparavant, un incident similaire s'était produit à la bibliothèque.

Même si elles étaient chargées de bouquins et vissées au sol, les étagères, parallèles les unes aux autres, s'étaient inexplicablement mises à basculer, déclenchant une réaction en chaine mortelle.

C'était l'une des premières histoires que les anciens de l'école racontaient aux nouveaux qui affichaient toujours une mine stupéfaite par l'invraisemblance de l'incident.

Et pourtant, des preuves existaient: coupures de journaux, sites Internet consacrés à l'évènement, nouvelles télévisées archivées.

Les faits étaient indéniables.

Les témoins affirmaient que c'était comme si les étagères avaient été arrachées du sol par la main d'un géant.

Rien ne pouvait arrêter leur chute.

Malheureusement, la technicienne en bibliothéconomie s'était trouvée entre deux étagères; elle fut assommée et mourut étouffée par les centaines de livres qui lui oppressaient la poitrine.

Les ingénieurs chargés de faire la lumière sur l'incident avaient émis l'hypothèse que le plancher de béton, soumis à un poids lourd depuis des années, s'était fracturé et avait bougé, comme une plaque tectonique.

Personne ne réussit cependant à prouver hors de tout doute qu'il y avait un vice de construction dans le plancher.

Une autre théorie avait fait des adeptes : celle de la psychokinésie, c'est-à-dire le pouvoir de la pensée sur la matière.

Moult pages Internet prétendaient que la qualité du béton n'avait rien à voir avec cet accident.

Quelques minutes avant de mourir, la technicienne avait eu une altercation avec une étudiante ; c'était une fille solitaire et aux capacités sociales limitées.

Avant la chute des étagères, des élèves présents sur les lieux avaient entendu l'adolescente murmurer des paroles incompréhensibles tout en jetant un regard mauvais à la technicienne qui poussait un charriot rempli de bouquins.

Dans le tumulte créé par l'effondrement des étagères, la fille s'était supposément mise à rire.

Des semaines plus tard, elle fut portée disparue.

Dans sa chambre, on retrouva une lettre écrite de sa main ; elle demandait à ses parents de ne pas la rechercher, elle disait fuguer pour protéger les gens qu'elle aimait.

Dans les deux semaines qui suivirent sa disparition, un homme et son chien la découvrirent par hasard dans un champ, à deux heures de route de chez elle.

Son corps était intact, à un détail près : il ne lui restait plus un seul os.

Pourtant, les policiers n'avaient décelé aucune trace de violence ni aucune incision qui aurait permis à l'agresseur de retirer les os.

Les organes, les muscles et les nerfs de l'adolescente étaient intacts et pas une goutte de sang n'avait été versée.

C'était une impossibilité physiologique ; les spécialistes en scènes de crime n'avaient jamais travaillé sur un cas pareil.

Les deux-cent-six os de la jeune fille ne furent jamais retrouvés et son cas fut classé dans le dossier « Mystère ».

Cet incident, ainsi que la vidéo découverte sur Internet, incitèrent donc Antoine et Martin à se livrer à un exercice un peu fou.

Les casiers n'étaient pas ancrés au sol, mais liés les uns aux autres par des vis.

Il fallait une armée de concierges pour les mouvoir de quelques centimètres.

Pourtant, ce matin-là, Antoine et Martin tentèrent leur coup : les deux garçons poussèrent sur le haut des casiers pour tester leur résistance.

À leur grande surprise, et à celle de leurs copains qui riaient de leur naïveté, une première rangée de casiers bascula.

C'était trop facile.

Les deux garçons n'avaient presque pas forcé.

Mais leur stupéfaction fit vite place à l'horreur.

# chapitre 41

Impuissante, Adèle assista à la mort de madame Oligny.

Alors que la surveillante tentait de séparer les deux garçons qui se battaient, une rangée de casiers s'abattit sur elle, ne lui laissant aucune chance de s'en sortir.

Malgré la panique qui s'ensuivit, Adèle garda son sang-froid et se jeta sur la boite géante de métal sous laquelle gisait AMC.

Impossible de la bouger d'un millimètre.

– Venez m'aider! cria Adèle.

En se retournant, elle remarqua qu'Agathe l'observait de loin, les bras derrière le dos, un sourire narquois au visage.

Adèle se rappela alors qu'avant de la quitter, sa sœur lui avait demandé de saluer madame Oligny de sa part.

Des concierges apparurent derrière Agathe.

Adèle les héla, les avisant qu'il y avait quelqu'un sous les casiers.

Même à cinq, les hommes n'arrivaient pas à dégager la prisonnière.

Il fallut une quinzaine de pompiers et de policiers pour extirper le corps de la surveillante.

De loin et engourdie, Adèle regarda les manœuvres de sauvetage.

Elle plongea la main dans la poche de son pantalon et toucha le talisman que madame Oligny lui avait offert.

Pendant une dizaine de minutes, on tenta de réanimer la surveillante, mais sans succès.

Alors qu'elle observait les ambulanciers déposer le corps d'AMC sur une civière, Adèle sentit une main sur son épaule.

– Tu viens, on a congé.

C'était Agathe.

D'un ton neutre, Adèle lui demanda :

– Tu l'as tuée, n'est-ce pas ?

– Bien sûr, Adèle. Toute seule, j'ai réussi à pousser les casiers qui pèsent des tonnes. Je suis persuadée que les caméras de surveillance ont tout enregistré. Vas-y ! Va dire à tout le monde que j'ai provoqué cet incident malheureux.

Adèle regarda les ambulanciers quitter l'école avec la civière.

– Qu'est-ce qu'elle t'a fait ?

– À moi, rien. Mais faut croire que mes demis en avaient contre elle. Ce matin, quand je me suis réveillée, ils avaient si hâte de se rendre à l'école. Quand ils se sentent menacés, ils ne perdent pas de temps.

– En plus du décès de madame Oligny, il y a plus de trente blessés. Ces élèves-là n'ont certainement rien à voir avec tes demis.

– Je dois reconnaitre qu'ils exagèrent, des fois.

Adèle défia Agathe du regard.

– Pourquoi t'es venue pourrir ma vie ?

– Moi, pourrir ta vie ? Tu veux rire ? La vie pourrie, ma belle Adèle, c'est moi qui l'ai eue. Sais-tu ce que c'est que de crever de faim parce que ta mère n'a pas assez d'argent pour acheter du pain ? Sais-tu ce que c'est que de voir ta mère sortir dans les bars quatre soirs par semaine pour ramener des gars minables à trois heures du matin juste pour avoir un peu de tendresse ?

La réalité crue des propos d'Agathe figea Adèle.

– Pendant que t'avais tout ce que tu désirais, que t'étais entourée d'amour et gâtée pourrie, j'ai pas arrêté de me demander si papa était parti à cause de moi. Mes demis et moi, on a vécu à peu près le même rejet. Sauf qu'eux, c'est encore pire parce qu'ils ne pourront jamais rattraper le temps perdu et jamais leur blessure ne pourra commencer à guérir.

Adèle se ressaisit.

– Agathe, tu n'as plus le contrôle sur eux. Ils agissent comme bon leur semble. Réalises-tu qu'ils viennent de tuer quelqu'un ? ! Tuer !

– Je ne suis pas responsable des gestes qu'ils posent.

– Oui, tu l'es. Parce que c'est toi qui leur as donné toute cette puissance. Il faut que tu cesses de les nourrir de ta colère.

– Après tout le temps qu'on a passé ensemble ? Ce sont mes amis. Les seuls qui me sont restés fidèles pendant toutes ces années.

– Ce ne sont pas tes amis, ils se servent de toi.

– Comme je me sers d'eux. S'ils n'avaient pas déblayé le chemin, jamais je n'aurais pu retrouver papa.

– Faire mourir des personnes innocentes, t'appelles ça « déblayer le chemin » ? Agathe, dès qu'ils vont en avoir l'opportunité, ils vont se débarrasser de toi comme ils l'ont fait de tous les autres qui se dressaient sur leur route.

La réplique d'Agathe horrifia Adèle.

– Mes sources sont crédibles : dès qu'ils le pourront, ils vont se débarrasser de toi. Et ils ont très hâte d'y arriver...

## chapitre 42

Adèle entendit son nom.

C'était son amoureux.

– Adou ! J'ai tellement eu peur que tu sois prise sous les casiers !

Renaud prit sa douce dans ses bras, la serra très fort et posa un baiser sur sa bouche.

– C'est la folie, poursuivit Renaud. Personne ne comprend ce qui s'est passé.

– Adèle sait ce qui s'est passé, dit Agathe.

Renaud regarda son amoureuse d'un air perplexe.

– Vraiment ?

– Elle dit que c'est ma faute, ajouta Agathe.

– Hein ?

– Je n'ai jamais dit ça, se défendit Adèle.

– Elle affirme que depuis que je suis arrivée dans sa vie, tout va de travers. Elle pense que je suis une sorcière, qu'il y a de mauvais esprits qui m'entourent et qui veulent du mal à plein de gens.

– Adèle, voyons ! lança Renaud, déconcerté.

– Elle dit même que j'ai commandé la mort de mes familles d'accueil.

– Quoi ?

– Ne l'écoute pas, répliqua Adèle. Elle délire.

Renaud se rapprocha de sa blonde.

– Je ne te reconnais plus, s'indigna-t-il.

– Renaud, elle ment. Je n'ai jamais dit ça.

Agathe cracha :

– Tu viens de m'accuser d'avoir orchestré la mort de madame Oligny ! Tu as dit que les mauvais esprits qui m'entourent ont poussé les rangées de casiers !

– C'est complètement débile, Adèle, fit Renaud. Où tu vas pêcher ça ?

Le menton d'Adèle se mit à trembler et des larmes envahirent ses yeux.

– Renaud, ne me dis pas que tu la crois.

Son amoureux se tut et détourna le regard.

– Renaud, ne me fais pas ça.

– Va prendre une marche, lui répondit-il, et reviens quand tes idées seront en ordre.

– Renaud, non...

Son amoureux ne répondit pas à sa supplication.

Il frottait le dos d'Agathe, le menton appuyé sur le dessus de sa tête.

Adèle recula lentement, horrifiée par la situation, puis s'éloigna.

Elle sortit de l'école et courut jusqu'à ce qu'elle n'en soit plus capable.

Elle entra dans un parc et s'assit sur un banc pour récupérer.

Ses larmes avaient la saveur de la rage.

*Si je dis ce qui se passe vraiment avec Agathe, personne ne va me croire.*

*On va me prendre pour une folle !*

*Même Renaud ne me croit pas.*

*Agathe me fait porter le chapeau de la méchante, d'une fille égoïste et prête à tout pour dénigrer sa demi-sœur, y compris inventer des histoires de poltergeists !*

*Si seulement je pouvais prouver qu'Agathe est sous l'influence d'esprits frappeurs...*

*En plus, la seule personne qui aurait pu me venir en aide est partie pour la morgue.*

*Les demis d'Agathe savaient que madame Oligny voulait les contrer, c'est pour ça qu'ils l'ont attaquée.*

*Et hier soir, en faisant apparaitre Gertrude à des endroits inusités, comme mon estomac, les demis m'ont servi un sérieux avertissement.*

*Qu'attendent-ils pour se débarrasser de moi?*

*Qu'est-ce qui les en empêche?*

*C'est peut-être moi leur nourriture ultime, celle qui leur enlèvera la faim pour toujours?*

*Mais quel est mon rapport avec eux?*

*Ce sont peut-être des orphelins, comme Agathe...*

*Non, ils ne peuvent pas l'avoir été, ils n'ont jamais vécu!*

*Argh, il me manque des données!*

Le téléphone cellulaire d'Adèle vibra.

C'était Renaud: *Faut vraiment qu'on se parle.*

Adèle: *Où est Agathe?*

La réponse de l'adolescent la survolta.

## chapitre 43

Renaud lui avait écrit: *Elle est partie avec le gars du foot. Pourquoi tu veux savoir ça?*

« Le gars du foot », bien entendu, c'était Mac.

S'en retournant à l'école, Adèle composa le numéro de téléphone de Renaud.

– Allo ? répondit l'adolescent.

– Tu dois me dire où elle est partie !

– Pourquoi tu ne me textes pas, tu sais que je dois payer les appels de jour...

– On s'en fout de ton forfait à la con ! Sais-tu où ils sont allés ?

– En quoi ça te regarde ? Adèle, tu n'es plus du tout la même, qu'est-ce qui se passe ?

– Il se passe que si on n'intervient pas, Mac va mourir !

– Qu'est-ce que tu racontes ? !

– Il faut les retrouver au plus vite.

– Tu ne serais pas un peu jalouse, par hasard ?

– Renaud, Agathe disait vrai. Elle a fait un pacte avec de mauvais esprits qui n'ont aucun sens moral. Et elle est obnubilée par eux.

– Adèle, misère...

– Renaud, je te demande de me faire confiance, d'accord ? Juste aujourd'hui. Demain, on en reparlera.

– Je ne sais pas...

– Où es-tu ?

– À l'école.

– Essaie de trouver quelqu'un de la gang de Mac. Il faut savoir où il a amené Adèle.

– Pourquoi ?

– Je te l'ai dit, si on n'intervient pas, il va mourir !

– Franchement...

– Fais-moi confiance!

– D'accord, d'accord. Tu veux que je fasse quoi?

Adèle traversa une rue sans regarder des deux côtés.

Une automobile venant dans sa direction klaxonna; l'adolescente l'ignora et poursuivit son chemin.

– Ce Mac, il a surement un téléphone cellulaire. Tu dois trouver son numéro.

– OK. Je pense que je vois un des gars de l'équipe. Je dis quoi s'il me demande ce que je veux faire avec le numéro de Mac? Je dis que c'est une question de vie ou de mort?

– Non. Ça va être plus difficile que ça. Y'a que très peu de personnes qui possèdent son numéro.

– Alors je fais quoi?

– Tu te démerdes, point final. Il faut avertir Mac le plus rapidement possible.

Adèle raccrocha et courut en direction de l'école.

*Si Mac met Agathe en colère, ce sera la fin pour lui.*

*Au point où ils sont rendus, les esprits frappeurs n'auront peut-être même pas besoin de cette émotion pour attaquer.*

*S'ils consument l'âme de Mac, peut-être que la prochaine victime sur la liste sera maman?*

*Ou moi ?*

*L'âme de Mac doit être assez calorique, mais vide en nutriments essentiels : les demis risquent d'être déçus.*

*Mac pourrait peut-être même les dégouter du genre humain.*

*Bon, c'est pas le temps de faire des blagues, Adèle.*

L'adolescente retrouva son amoureux à la cafétéria, en train de discuter avec un membre de la bande de Mac.

Adèle ignorait son prénom, mais on le surnommait Éléphant parce qu'il était énorme, certes, mais également parce que l'Univers lui avait octroyé le don d'aspirer à peu près n'importe quoi par le nez.

Éléphant aimait se donner en spectacle jusqu'au jour où, question d'honorer son surnom, il tenta de faire entrer dans sa narine droite une arachide avec son écale.

Le pauvre garçon dut se rendre aux urgences : une équipe de médecins retira le corps étranger de son nez pendant qu'il pleurait à chaudes larmes.

L'incident ayant été filmé par l'un de ses amis, la vidéo circula sur Internet.

Adèle s'arrêta devant Renaud et Éléphant.

– Alors, t'as son numéro ?

– Non, il ne veut pas me le donner.

– Ah, dit le gros joueur de football à Renaud, je comprends ! C'est pour la fille.

Adèle fit non de la tête.

– Pas du tout. Il faut avertir Mac du danger qu'il court. C'est une question de vie ou de mort.

– T'es pas la première fille qui raconte n'importe quoi pour avoir son numéro. Comme j'ai dit à ton ami, à moins de cinquante dollars, je peux rien faire.

– Quoi ? Tu vends le numéro de Mac ?

– Bah, ouais. Pourquoi pas ?

La turbine à pensées d'Adèle se fit aller et, quelques instants plus tard, l'adolescente trouva une idée.

## chapitre 44

Mais Renaud devança son amoureuse d'une demi-seconde :

– Elle a une maladie, dit-il.

– Qui a une maladie ? demanda le faux pachyderme.

– Agathe, la fille qui est avec Mac.

– Ah ouais ? Quel genre de maladie ?

– Eh bien, euh, c'est vraiment dégueulasse. C'est nouveau, c'est un mélange entre un parasite et une I.T.S.

– Hein ?

– Ouais, c'est un pou de bouche. Genre que si Mac embrasse la fille, il va l'attraper.

Adèle ignorait complètement où s'en allait son amoureux avec cette histoire déconcertante.

– Et il se passe quoi ?

– Au début, rien. Les petits insectes font des nids dans les gencives et se nourrissent du...

Renaud montra ses dents.

– Le truc qui se ramasse sur les dents, comment on appelle ça ? C'est pâteux et c'est jaune. Ma grand-mère en a plein.

– Du tartre ? suggéra Adèle.

– Oui, c'est ça, du tartre ! Donc les poux se nourrissent de ça. Un moment donné, la bouche de Mac va lui démanger. Puis PAF ! Son corps sera envahi et ça va lui sortir par tous les orifices, comme dans un film d'horreur.

– Ça va vraiment lui sortir par tous les orifices ? demanda Éléphant.

– OK, j'ai peut-être, peut-être, exagéré : *presque* tous les orifices. C'est pour ça qu'il nous faut son numéro de téléphone. Il faut empêcher cette invasion barbare.

Éléphant fit une pause, le regard vide.

Il esquissa alors un sourire et s'exclama :

– *Awesome !* Je veux *tellement* voir ça ! Pas question de l'avertir !

Adèle se tourna vers son *chum*.

– Bravo, champion. En plus de donner à Agathe une réputation de nid à vermine, on n'a pas le numéro de Mac.

Éléphant sortit son téléphone cellulaire et se mit à pianoter sur l'écran tactile.

– Faut que j'avertisse les gars. Ils vont capoter !

Adèle fit un pas en avant.

– Sans blague, il nous faut ce numéro maintenant.

Éléphant continua d'écrire son texto.

– Allooo ? ! Je suis archisérieuse.

– Pas de pognon, pas de bonbon, répondit Éléphant.

Le sang d'Adèle se mit à bouillonner, ce qui la surprit.

Il ne lui arrivait jamais de se mettre en colère ; c'était même un de ses traits de caractère dont elle était le plus fière.

Même dans les situations les plus frustrantes, elle gardait son calme alors que la plus gentille des personnes avait déjà pété les plombs.

Ses parents lui avaient dit que petite, elle n'avait jamais fait de crises, même dans cette période de la vie nommée le « terrible deux ans » où les bébés, pour aucune raison et de manière aléatoire, se transforment en bêtes à trois têtes qui écrasent tout sur leur passage.

Quand Adèle n'avait pas ce qu'elle voulait, elle boudait.

Ses parents étaient fiers de leur P'tit miracle qui avait un si bon caractère – hérité de la mère –, même si, à l'école, elle devenait parfois une cible parfaite pour les tyrans de tout acabit qui s'adonnaient au harcèlement.

Mais en cet instant précis, et pour la première fois de sa vie, Adèle serrait les dents et sentait qu'elle était sur le point d'exploser.

C'était un sentiment nouveau et exquis.

– Le numéro, donne-le-moi, rugit-elle.

Éléphant arrêta de taper sur l'écran de son téléphone intelligent.

Sans regarder Adèle, il leva la main et lui présenta son majeur.

Adèle posa alors un geste libérateur qui la surprit au plus haut point.

## chapitre 45

La réaction d'Adèle à l'insulte d'Éléphant fit écarquiller les yeux de Renaud.

Cédant au plaisir interdit de la colère, l'adolescente se jeta sur le joueur de football et tenta de s'emparer de son téléphone cellulaire.

N'y parvenant pas, elle planta ses dents dans la main du colosse et mordit de toutes ses forces.

Éléphant poussa un cri qui ressemblait à un barrissement et lâcha son téléphone.

L'appareil heurta le sol.

Adèle le ramassa et bondit vers la sortie.

Alors qu'Éléphant grognait en tenant sa main sur sa poitrine, Renaud restait planté là, ahuri.

– Déniaise! lui cria son amoureuse.

Adèle sortit de l'école et, pour une deuxième fois en moins d'une demi-heure, elle courut à en perdre haleine.

Une centaine de mètres plus loin, Renaud la suivait.

Adèle tourna le coin d'une rue, se cacha derrière une automobile et s'accroupit.

Une minute plus tard, Renaud apparut et s'arrêta, à la recherche d'Adèle.

Elle se releva à moitié et lui fit un signe de la main.

Renaud était à bout de souffle.

Il se pencha et mit ses mains sur ses genoux.

– *Ouatedephoque ?!* T'as... complètement... perdu... la tête !

– Est-ce qu'on t'a suivi ?

Renaud fit non de la tête.

– Bien.

Adèle prit le téléphone d'Éléphant et fouilla dans son carnet d'adresses.

En trois manipulations, elle parvint à trouver le numéro de Mac.

– Voilà !

Renaud s'était approché d'elle.

– Tu vas avoir... de sérieux... problèmes.

– Pas mal moins sérieux que ceux de Mac, je t'assure.

– Adèle, je ne te suis plus...

– Je t'ai dit de me faire confiance aujourd'hui. La vie de Mac est en danger. Demain, s'il ne s'est rien passé, tu pourras me traiter de folle.

– T'as mordu le plus gros gars de l'école pour lui voler son téléphone !

– Et s'il le faut, je vais le refaire.

Adèle appuya sur le bouton pour appeler Mac et colla l'appareil sur son oreille.

– Allez, réponds.

Une, deux, trois sonneries…

La boite vocale s'activa : le message constituait une suite de rots étonnamment intelligibles.

– *Schnoute* !

Adèle se déconnecta et rappela.

Elle tomba encore une fois dans la boite vocale.

L'adolescente décida de laisser un message :

– Salut, euh, Mac, tu ne me connais pas, mais, euh, t'es présentement avec une fille dangereuse. Quoi qu'il arrive, tu ne dois vraiment pas la mettre en colère. Ce n'est pas une blague. Il pourrait t'arriver quelque chose de très grave.

Adèle raccrocha et essaya de nouveau d'appeler Mac.

La boite vocale prit le relais.

– Je vais lui envoyer un message texte.

Adèle écrivit : « T'es avec une fille dangereuse. Sauve-toi ! »

Puis elle dit à Renaud :

– Il faut retrouver Mac, et vite !

Adèle entreprit de fouiner dans le téléphone cellulaire d'Éléphant.

Elle accéda à son album photos et fronça les sourcils.

– Adèle ? demanda Renaud.

– Quoi ? Tu ne peux juste pas imaginer ce que je viens de...

– On a un problème.

– Comment ça ?

Adèle leva les yeux.

Ils avaient un problème, effectivement.

Un gros problème.

## chapitre 46

Une automobile s'était arrêtée à quelques mètres des amoureux.

Éléphant en sortit, la main enrubannée dans ce qui ressemblait à du papier de toilette.

Deux grands types qui faisaient partie de l'équipe de football l'accompagnaient.

– Hey, les gars, fit Adèle, feignant de ne pas se sentir menacée.

– Ne l'approchez pas trop, dit Éléphant. Elle est folle à lier.

Renaud adopta le rôle de négociateur.

– On va trouver un terrain d'entente.

Les joueurs de football ne semblaient aucunement vouloir s'entendre avec qui que ce soit.

Ils se jetèrent sur Renaud.

– Un instant! cria Adèle.

Les deux accompagnateurs s'emparèrent chacun d'un bras de Renaud.

De sa main valide, Éléphant pointa le doigt vers Adèle.

– Tu m'as presque arraché une main et t'as volé mon téléphone cellulaire!

Adèle leva l'appareil dans les airs.

– Ça va, je vais te le redonner. Mais dis à tes amis préhistoriques de ne pas faire de mal à mon *chum*.

– Qu'est-ce qui va m'en empêcher?

– J'ai jeté un œil à tes photos. Et je les ai transférées dans mon compte. Pas toutes, juste celles qui sont vraiment *weird*.

L'un des deux macaques demanda:

– *Weird*? Comment, *weird*?

– Vraiment *weird*, dit Adèle. Limite malaise.

Le singe relâcha Renaud.

– Je veux voir ça.

Éléphant, contrarié, fit non de la tête.

L'agressivité dont il avait fait preuve en arrivant s'était évaporée à la suite de la révélation d'Adèle.

– C'est pas de vos affaires.

Puis il dit à l'adolescente :

– Je te donne le numéro de Mac si tu me promets d'effacer les images.

– Trop tard. Je l'ai déjà. Sais-tu où il pourrait être allé avec Agathe ?

– Ouais. Au stade, surement.

Éléphant tendit sa main indemne :

– Mon téléphone. Redonne-le-moi.

– Quel stade ?

– Le stade municipal, là où on joue au football. Sous les estrades. C'est toujours là qu'il entraine les nouvelles filles. Mon téléphone…

Adèle avait déjà eu vent de cette coutume ; elle en avait même été dégoutée.

– Parfait. À qui appartient l'automobile ?

L'adolescent qui maintenait encore le bras de Renaud se fit entendre :

– C'est à moi.

– Très bien. Tu nous y amènes.

– Pourquoi je ferais ça ?

Éléphant répondit à la place d'Adèle.

– La fille avec qui il est pourrait lui donner des espèces de bébittes de bouche en l'embrassant.

– Ark ! éructa l'un de ses acolytes.

– De kessé ? demanda l'autre.

– Ouais, poursuivit Éléphant, c'est genre des poux qui mangent l'espèce de truc dégueu qui colle aux dents quand ça fait un p'tit bout qu'on les a pas brossées.

— Du tartre, précisa Renaud.

Adèle mit fin au délire.

— C'est plus grave que ça. Il faut retrouver Mac maintenant.

— Je vois pas ce qui pourrait être plus grave que d'avoir des nids d'insectes dans la bouche, dit l'un des footballeurs. Ça remet profondément en question ma relation avec les filles.

— Moi aussi, dit l'autre. Faut que j'apprenne à les connaitre avant de les embrasser. Avant d'échanger quelque fluide que ce soit, je veux être en mesure de déterminer s'il s'agit de mon âme sœur.

Adèle remit à Éléphant son téléphone cellulaire.

— Bon, les gars, désolée d'interrompre votre prise de conscience amoureuse, mais faut vraiment rattraper Mac.

Éléphant reprit possession de son téléphone et le glissa dans la poche de son manteau :

— Allez, les gars. Faut sauver Mac des bébittes…

## chapitre 47

Le stade municipal était annexé au plus grand parc de la ville.

Construit plus de quarante-cinq ans auparavant, il venait d'être rénové de fond en comble.

C'était à cet endroit que les équipes de football et de baseball jouaient tous leurs matchs locaux.

Seules les estrades en béton n'avaient pas eu droit à une réfection complète; fabriquées à partir de matériaux de grande qualité, elles ne faisaient pas leur quasi-demi-siècle.

C'est sous ces estrades, à l'endroit même où se trouvaient les cages d'exercice des lanceurs et des frappeurs de baseball, que Mac voulait entrainer Agathe.

Mais pour l'instant, les deux adolescents étaient en plein milieu du terrain.

– Tu sais en combien de temps je peux parcourir le terrain qui mesure cent verges?

Agathe fit non de la tête.

– Moins de quinze secondes. Mon record est de quatorze secondes et cinquante centièmes. Je suis le plus rapide de la ligue.

Depuis qu'Agathe avait posé son postérieur sur le siège passager de l'automobile de Mac, il n'avait cessé de lui raconter ses exploits sportifs.

L'été, il était un joueur de soccer formidable et un adepte de baseball hors du commun.

L'automne, il foulait les terrains de football comme seul un surdoué pouvait le faire.

Et l'hiver, il était hockeyeur; vêtu de son chandail portant le numéro un, il patinait à cent kilomètres heure à la ronde.

Mais il ne prenait pas cette activité au sérieux puisqu'il ne la pratiquait que pour «garder la forme».

Avant de passer du temps avec Mac, Agathe s'était renseignée sur ses exploits en faisant des recherches sur Internet.

Elle avait découvert que l'adolescent était effectivement un sportif émérite, mais qu'il avait aussi la mèche courte.

Devant une situation frustrante, il avait tendance à exploser.

Ainsi, Mac avait déclenché trois batailles au baseball après avoir été atteint par le lanceur.

Au hockey, il avait attaqué par derrière le défenseur d'une équipe adverse en lui appliquant une mise en échec illégale derrière la tête ; la victime avait été envoyée directement à l'hôpital.

Au football, Mac avait agressé deux fois les mascottes des équipes adverses en leur arrachant la tête et en les envoyant valser grâce à un solide coup de pied au derrière.

Sans l'intervention de ses entraineurs et de ses coéquipiers, Mac aurait fait d'autres victimes tellement son agressivité était grande.

Agathe avait également jeté un œil aux fiches de l'adolescent sur les médias sociaux.

Elle savait sur quel bouton peser pour qu'il agisse comme un détonateur.

Alors que Mac lui faisait visiter le stade municipal, Agathe lui dit :

– C'est quand même étonnant.

– Quoi ? Qu'est-ce qui est étonnant ?

– Eh bien, tous tes exploits.

– Pourquoi tu dis ça ? On l'a ou on l'a pas. Moi, je l'ai.

– Mais il te manque trente centimètres pour être une super vedette.

– Trente centimètres ?

– Bah ouais. T'es petit. Présentement, tu brules les ligues dans lesquelles tu joues, mais dès que tu vas passer à un échelon supérieur, tu vas te faire écraser.

– Qu'est-ce que t'en sais ?

– C'est une évidence. J'ai connu des gars dix fois meilleurs que toi, mais qui avaient la même grandeur. Au secondaire, c'était des vedettes. Ils avaient pas besoin de bonnes notes à l'école pour faire les paons. Aujourd'hui, ils font griller des hamburgers dans des restaurants graisseux.

Mac s'arrêta sous la barre transversale des buts.

Afin de montrer à Agathe à quel point il était agile, il allait sauter pour l'agripper.

Mais, insulté, il ne le fit pas.

– T'es comique, toi. Est-ce que tu sais le nombre de filles qui aimeraient être à ta place ?

– Trop, dit Agathe en regardant le but. T'as une réputation de bouette.

– Ma réputation est excellente.

– Ah oui ? Où ça ? Sur Mars ?

– Qui es-tu pour me parler comme ça ?

Agathe lui jeta un regard lascif et adopta le ton le plus langoureux qui soit :

– Je suis celle qui va bientôt te donner une leçon.

## chapitre 48

Le ton d'Agathe, ainsi que son attitude, excitèrent Mac.

– Hum, j'aime ça. Quel genre de leçon ?

– Une leçon dont tu vas te souvenir toute ta vie.

– Tu penses pouvoir me traumatiser ?

– J'espère te traumatiser.

Agathe prit la main de Mac.

– Te traumatiser et bien plus encore.

Malgré une température clémente, la peau d'Agathe était si froide que cela saisit l'adolescent.

– T'es glacée, dit Mac.

– Wow, t'es pas juste un sportif, t'es très astucieux.

– Ouais, répliqua Mac, même s'il n'avait aucune idée de ce que signifiait le mot « astucieux ».

– Tu vas me réchauffer ?

– Ouais, bien sûr.

– Tu m'emmènes à ton Mac-O-Drome ?

– Tu connais ?

– Ouais. Tout le monde le connait. C'est le premier lieu qu'on m'a fait visiter en arrivant ici. Ça et ta maison.

Mac grogna comme un cochon ; c'était sa façon de rire.

– T'es pas une fille comme les autres, toi. On dit que t'as cassé le miroir et les éviers d'une des toilettes de l'école. C'est vrai ?

– C'est pas moi.

– Ah non ? C'est qui, alors ?

– Mes demis.

– Tes amis ?

– Non, mes demis. Ils sont avec nous présentement.

Un autre bruit porcin sortit de la bouche de Mac.

– Ouais, ils sont *tellement* ici.

Agathe suivit Mac jusque sous les estrades de béton.

Là se trouvait un local verrouillé ; Mac sortit son porte-clefs, choisit la plus petite clef et déverrouilla le cadenas.

Il souleva l'interrupteur.

Après quelques scintillements, les néons au plafond s'allumèrent.

En gentilhomme qu'il était, le joueur de football fit signe à son invitée d'entrer la première.

– Nous voici donc dans le Mac-O-Drome, dit Agathe en observant les lieux.

– Ouais. Comment tu trouves ça ?

En raison de la structure de béton et du sol en terre, les lieux dégageaient une humidité à faire friser les cheveux les plus raides en ville.

Le local servait d'entrepot pour les équipements sportifs.

Il y avait des bâtons de baseball, des balles, des appareils métalliques qui servaient à l'entraine-ment, des casques et des tapis de sol empilés les uns sur les autres.

Au fond, derrière une étagère où reposaient des ballons de football, se trouvait un matelas percé et aspergé de taches d'une couleur suspecte.

– C'est là que ça se passe ? demanda Agathe.

– Ouais.

Agathe s'approcha du mur.

À l'aide d'un marqueur noir, on y avait tiré plusieurs traits verticaux.

– Et ces lignes, dit l'adolescente, c'est toutes les filles que t'as invitées ici ?

– Ouais. Comment t'as fait pour savoir ?

– Oh, une intuition.

Agathe avait lu plusieurs des statuts Fesse-de-bouc de Mac.

Sans faire directement référence à ses conquêtes, il lui arrivait d'écrire « Et une folle de plus, et une ».

Les commentaires rédigés par ses amis ne laissaient cependant aucun doute sur la signification de ces mots.

Mac retira son manteau à l'effigie de l'équipe de football de la ville et le posa sur le dessus de l'étagère.

– Comment tu trouves l'endroit? demanda-t-il de nouveau.

Adèle prit un ballon de football.

– Répugnant. Tu crois vraiment que toutes les filles sont des folles, n'est-ce pas?

– Euh... Pourquoi tu dis ça?

– J'ai lu ton mur Fesse-de-bouc et les commentaires. T'écris souvent qu'on est toutes des folles.

– C'est pour niaiser. C'est juste une blague entre mes amis et moi.

– Est-ce que tu crois que toutes les filles sont des folles?

– Non. Toi, t'as pas l'air d'en être une.

Agathe sourit.

– Tu te trompes. Moi, j'en suis une.

## chapitre 43

Le véhicule dans lequel Adèle, Renaud, Éléphant et les deux autres membres de l'équipe prenaient place ne méritait pas l'appellation « automobile ».

« Tacot » était plus juste.

La carrosserie était à tel point rouillée qu'il était difficile de se prononcer sur la couleur de la peinture d'origine.

Pour sa part, la porte du conducteur restait fermée à l'aide d'un savant mécanisme d'élastiques au bout desquels se trouvaient des crochets.

Adèle voyait la route défiler à travers le plancher et elle ne savait pas si elle était assise sur un banc d'automobile ou sur une planche sur laquelle on avait planté de gros ressorts.

Conduire cet engin décrépit semblait tenir de la prouesse technique, puisqu'il arrivait fréquemment au conducteur de frapper sur la radio, de lever et de baisser le frein d'urgence ou de démarrer les essuie-glaces afin de faire avancer le véhicule.

Adèle était écrasée contre la vitre et comprimée par son amoureux qui, lui, était aplati par Éléphant.

Le moteur forçait tellement qu'Adèle avait l'impression que la voiture transportait la tour Eiffel.

Éléphant et ses deux amis discutaient de la réaction possible de Mac lorsqu'il les verrait arriver.

Renaud approcha sa bouche de l'oreille d'Adèle.

– C'était quoi, les photos dans le téléphone ?

Ce fut au tour d'Adèle de parler dans le creux de l'oreille de son amoureux.

– C'était pas clair, mais Éléphant était déguisé en cacahuète géante. Il était couché sur le côté, un doigt dans la bouche, comme pour se donner un air sexy. J'ai imaginé qu'il y en avait d'autres encore plus *weird* et je ne me suis pas trompée.

Renaud se tourna vers Éléphant avec un air de dégout.

Adèle rit.

Mais sa bonne humeur ne dura pas longtemps, puisque la situation était dramatique.

– Il va nous tuer, dit Éléphant.

Le chauffeur ajouta :

– Ouais. Mac a toujours été clair là-dessus ; personne ne doit le déranger quand il est là-bas.

*S'il n'est pas déjà mort quand on va arriver.*

– J'en prends toute la responsabilité, dit Adèle. De toute façon, l'endroit a tellement l'air crasseux qu'on devrait en profiter pour y mettre le feu. C'est parfaitement dégoutant.

Malgré ce qu'elle venait de dire, Adèle avait déjà un jour fantasmé à l'idée que Mac l'invite à cet endroit pour « apprendre à mieux la connaitre ».

L'adolescente croyait que jamais en cent ans le tas de ferraille à bord duquel elle était assise allait les mener à bon port ; le moteur s'arrêtait chaque fois que le véhicule s'immobilisait.

Le petit groupe arriva néanmoins au stade municipal en un seul morceau.

Ce qui ne fut pas le cas de l'automobile qui perdit en chemin son bruyant silencieux.

Le conducteur gara son tacot dans le stationnement.

– C'est ici, déclara Éléphant.

– Où, ici ? demanda Adèle. Le stade est grand.

– Sous les estrades en béton. Il y a un local, au bout. C'est là que Mac invite les filles.

– Wow, il est vraiment romantique, dit Adèle.

– Alors, on est quittes ? demanda Éléphant.

– Oui, j'imagine.

*Et chaque fois que je te croiserai dans les corridors, je vais t'imaginer en cacahuète sexy !*

– Tu vas effacer les photos ?

– Oui, promis.

Renaud et Adèle sortirent du véhicule.

Éléphant reprit sa place, ce qui fit couiner les amortisseurs.

– Vous ne lui dites pas que c'est nous, d'accord ?

Adèle allait lui répondre de ne pas s'inquiéter, mais le sol se mit à trembler.

Elle se retourna et, voyant ce qui se passait, murmura :

– Trop tard.

# chapitre 50

– Tu n'es pas folle, dit Mac en avançant lentement vers Agathe. Oh, attends : si, tu es folle... de moi !

L'adolescente lança violemment le ballon en direction de Mac.

Il le reçut en plein estomac.

Il se plia de douleur en poussant plusieurs jurons.

– T'es folle ! gronda-t-il, furieux.

– Folle de toi, oui.

Agathe s'empara du ballon et le relança en direction du joueur de football.

Cette fois, il heurta sa tête.

– T'es même pas capable d'attraper les ballons que je te lance.

Elle en prit un autre sur l'étagère et le projeta dans sa figure.

Mac avait maintenant le visage rouge vif.

– T'es un minable, dit Agathe. Une pourriture de garçon qui se croit tout permis parce que ses parents sont riches, parce qu'il court vite et parce qu'il est né avec un beau visage.

Mac se redressa lentement.

Agathe poursuivit son discours :

– Si tu penses que tu vas poser le doigt sur moi, tu te trompes.

Tel un chien enragé, le footballeur exhibait maintenant ses dents.

– T'es cuite, ma fille. Personne n'a le droit de me faire ce que tu m'as fait.

– Oh, j'ai tellement peur. Tu vas me battre ? Tu vas exploser comme tu le fais chaque fois que tu vis une petite frustration ? T'es rien qu'un bébé gâté !

Sans crier gare, Mac bondit sur Agathe.

Comme il le faisait avec ses adversaires de jeu, il plaqua l'adolescente au sol, non sans l'avoir d'abord projetée au mur.

La tête d'Agathe heurta le béton, mais l'adolescente ne perdit pas conscience.

Mac se releva et la regarda avec mépris.

Elle se retourna lentement sur le dos en gémissant.

– Toutes des folles ! Toi, t'es la pire : une fille facile qui a manqué d'amour et qui est prête à tout pour avoir un peu d'attention. Exécrable !

Mac récupéra son souffle et grogna :

– Tu penses vraiment que je ne vais pas poser un doigt sur toi ? Tu me connais mal. À mon tour de te donner une bonne leçon.

Le joueur de football s'empara des chevilles d'Agathe et tira la fille brusquement vers lui.

Elle hurla.

Mac la relâcha immédiatement, stupéfié.

La température du local venait de chuter de plusieurs degrés; le sportif avait l'impression de se retrouver soudainement dans le réfrigérateur d'un dépanneur, là où on garde la bière.

Agathe n'était plus la même fille.

Son visage était osseux, sa peau, flétrie et ridée.

Ses yeux tout noirs étaient renfoncés et cernés jusqu'aux joues.

– Manger!

Mac tressauta.

La voix de l'adolescente était caverneuse.

Subitement, Mac eut l'impression qu'on le mordait; sur les bras, les cuisses et dans le cou.

Il regardait à gauche et à droite, à la recherche de la provenance de ces morsures.

Il ne voyait rien.

Agathe se releva, tout en continuant à fixer Mac.

– MANGER!

L'adolescent poussa un hurlement et posa une main sur son visage.

C'était comme si on venait de lui arracher un morceau de peau au niveau de la joue.

Il retira sa main: il n'y avait aucune trace de sang.

Il toucha sa joue qui semblait indemne.

Puis Mac s'effondra, les deux mains sur la tête ; il avait si mal qu'il ne pouvait même pas pousser un son.

Il avait le sentiment qu'on lui ouvrait le crâne avec un ouvre-boite.

– MANGER ! hurla de nouveau Agathe.

Le béton se mit à se fissurer et à craquer.

De la fine poussière tombait et des morceaux gros comme des boites de mouchoirs se détachaient du plafond.

Les estrades s'effondrèrent sur Mac et Agathe.

## chapitre 51

Il était arrivé à Adèle de voir à la télé des vidéos spectaculaires d'immeubles ou de stades qu'on détruisait pour faire place à d'autres constructions plus modernes.

Afin d'éviter tout accident, on faisait s'écrouler les bâtisses sur elles-mêmes en dynamitant leur base.

Quand Adèle vit les estrades s'écrouler, c'est à ces vidéos qu'elle songea.

Mais elle savait qu'ici, aucun explosif n'avait été utilisé.

Les esprits frappeurs étaient à ce point vigoureux qu'ils pouvaient désormais transformer en quelques secondes des milliers de tonnes de béton en un immense amoncèlement de débris.

Un nuage blanc de poussière s'éleva vers le ciel.

Éléphant et ses deux coéquipiers jurèrent.

Renaud s'approcha de son amoureuse, lui prit la main et dit:

– Je te crois, maintenant.

Éléphant sortit son téléphone cellulaire et composa le numéro d'urgence.

Adèle entraina Renaud vers les lieux de la catastrophe.

– Tu crois qu'ils étaient sous les estrades? demanda Renaud.

– C'est sûr.

– Ils sont morts alors, fit remarquer Renaud.

– Non. Mac est mort. Agathe s'en est sortie.

Adèle prit un raccourci; elle grimpa une clôture et sauta sur le terrain.

Renaud la suivit.

– Personne ne peut s'en sortir, dit Renaud en marchant derrière son amoureuse. Ils ont *tellement* été écrabouillés.

– Agathe a survécu à plus de tragédies que tu ne le penses.

– Comment... comment c'est possible?

– Elle est protégée par des *poltergeists*. Des esprits frappeurs. Elle a conclu un pacte avec eux; elle les a nourris et, des années plus tard, c'est ce que ça donne. La prochaine victime, je crains que ce ne soit moi.

– Toi ? Pourquoi ?

– Pas clair, dit l'adolescente avant de se mettre à tousser.

Adèle et Renaud ne pouvaient plus avancer ; la poussière formait un mur dense.

Ils durent même battre en retraite.

Les premiers secours arrivèrent quelques minutes plus tard.

Les journalistes suivirent.

Dès que les policiers apprirent qu'il y avait des personnes sous les décombres, un périmètre de sécurité fut établi.

Au cours des heures qui suivirent, des pompiers partirent à la recherche des deux adolescents.

Pour ne pas provoquer d'autres effondrements et éviter de compromettre les chances de survie de Mac et d'Agathe, les débris étaient retirés lentement, les uns après les autres.

Vu l'état des estrades et la manière dont elles s'étaient affaissées, l'optimisme n'était pas au rendez-vous.

Le corps de Mac fut retrouvé.

Il fallut une pelle mécanique pour retirer le bloc de plusieurs tonnes qui l'avait aplati.

Il était méconnaissable ; seul son manteau avait été épargné.

Quelques minutes plus tard, des cris de joie se firent entendre et attirèrent l'attention des badauds et des journalistes.

Agathe avait été retrouvée et elle avait miraculeusement survécu à l'effondrement des estrades.

Il s'était formé autour d'elle une alcôve de béton qui avait agi comme une bulle protectrice.

Elle gisait inconsciente, mais elle n'avait aucune blessure apparente et ses signes vitaux étaient bons.

C'était extraordinaire !

Renaud était dépassé par les évènements.

– Tu le savais, dit-il à Adèle en observant les ambulanciers qui s'affairaient autour d'Agathe.

– Oui, je savais.

Tandis qu'Éléphant racontait aux policiers que la pauvre fille retrouvée sous les décombres souffrait de poux de bouche, les deux autres athlètes assuraient les journalistes qu'ils allaient à l'avenir respecter les filles comme elles le méritaient.

Quant à Adèle, à part avoir dit qu'Agathe était sa sœur, elle ne fit aucune déclaration.

Un policier lui offrit d'aller la reconduire chez elle.

L'adolescente refusa.

– Tu veux que je t'accompagne ? demanda Renaud.

– Non. J'ai besoin d'être seule.

Dès qu'elle entra chez elle, Adèle se mit activement à la recherche de la dernière personne qui pouvait l'aider : Glandula la voyante.

# chapitre 52

Adèle trouva une référence sur Internet au sujet de Glandula la voyante ; l'adresse était celle d'un marché aux puces situé à moins de cinq kilomètres de sa maison.

L'adolescente nota les coordonnées sur un bout de papier.

Le marché n'ouvrait qu'à dix-sept heures.

Elle avait donc plusieurs heures à tuer avant de pouvoir y mettre les pieds.

Son père était à l'hôpital, veillant sur Agathe.

La mère d'Adèle entra dans la maison.

Quelques instants plus tard, elle frappa à la porte de la chambre de sa fille.

– Entre, dit Adèle.

– Ça va, mon P'tit miracle ?

– Oui. En fait, pas vraiment.

Sa mère s'assit à ses côtés.

– Je comprends. Ton père m'a dit qu'une femme est morte sous tes yeux à l'école ce matin et qu'en plus, tu as assisté à l'effondrement de l'estrade. C'est une journée que t'es pas prête d'oublier, n'est-ce pas ?

– Maman... c'est Agathe.

– C'est un miracle qu'elle s'en soit sortie.

– Oui. Mais, euh...

*Je lui parle des esprits frappeurs ou non ?*

*Est-ce qu'elle va me croire ?*

*Non, elle ne me croira pas.*

*Elle va penser que je veux attirer l'attention.*

– Tu as quelque chose à me dire ?

– Eh bien, j'ai vraiment eu peur pour Agathe.

– Oui. On ne peut pas dire que c'est de tout repos depuis qu'elle est dans nos vies.

– Effectivement. Et, euh, je voulais te dire que je sais.

– Tu sais quoi ?

– Eh bien, pour papa. Ce qu'il t'a fait. Je comprends pourquoi ce n'est pas facile ces temps-ci.

Le visage de sa mère se décomposa.

– Oh... mon P'tit miracle...

Elle fondit en larmes.

Adèle enlaça sa mère.

– Je me suis toujours promis de garder la famille intacte, dit-elle. Mais je dois te dire que là, c'est difficile. La dernière fois que j'en ai autant bavé, c'est lors de mes fausses couches. Trois bébés en deux ans...

C'était la première fois que la mère d'Adèle s'ouvrait sur ces moments de sa vie.

– Tu y penses, parfois ?

– Mais oui. Souvent. À certaines dates, je me dis : « Tiens, celui-là aurait dix-huit ans, celui-là dix-neuf. » Et pourtant, ils n'ont jamais vécu. Je me sens affreusement coupable de ne pas avoir pu mener ces grossesses à terme.

Adèle caressa le dos de sa mère qui sanglotait.

– Voyons, maman. Ça n'a rien à voir avec toi. Ce sont des accidents.

– Ma tête le sait. Mais mon cœur, lui, s'obstine à prétendre que je suis responsable. Et Agathe... elle dégage de si mauvaises vibrations. Dire que pendant que je me faisais du souci avec mes fausses couches, ton père...

Des larmes ruisselèrent de ses yeux.

– C'est ignoble, dit Adèle. Je ne lui pardonnerai jamais.

– Adèle, ne sois pas si dure avec lui. Il est un excellent père. Cette situation ne regarde que lui et moi. La famille, mon P'tit miracle, c'est la chose la plus importante au monde. Il faut tout faire pour la préserver. Allez, je vais faire une sieste.

Adèle faisait les cent pas dans sa chambre en songeant à Agathe.

*Peut-être que son but ultime est de détruire notre famille parce qu'elle n'a jamais eu la chance d'en avoir une ?*

*Peut-être qu'elle veut se débarrasser de maman et de moi pour rester seule avec papa ?*

*Si c'est ce qu'elle désire, je vais l'en empêcher.*

*Comme maman dit, la famille, c'est sacré.*

Son téléphone cellulaire vibra.

Renaud voulait savoir comme elle allait.

Elle se souvint alors des photos qu'elle avait prises du carnet rouge d'Agathe.

Elle ouvrit l'application et les sélectionna.

Et elle fit une découverte stupéfiante.

## chapitre 53

Les photos qu'Adèle avait prises des pages du carnet rouge d'Agathe ne lui dirent d'abord rien.

Il y avait des bonshommes allumettes, des carrés, des rectangles et des triangles en trois dimensions, et des mots comme « JUSTICE », « FAMILLE » ou « PAPA ».

Il y avait aussi quelques taches brunes au bas des pages.

L'adolescente se concentra sur une page où, tout en haut, il était écrit « DEMIS ».

Sur trois lignes, il y avait une série de six chiffres :

040794

170793

280194

*Qu'est-ce que ça peut bien être ?*

*Ces numéros ont surement rapport avec les esprits frappeurs.*

*C'est pas des numéros de téléphone puisqu'il manque un chiffre et l'indicatif régional.*

*Des coordonnées, des adresses ?*

*Non, ce n'est pas ça.*

*Quoi, alors ?*

Adèle leva la tête.

Elle observa le calendrier épinglé sur son babillard.

Dans cinq jours, elle avait rendez-vous chez le dentiste.

Dans dix-huit jours, c'était l'anniversaire de Bianca ; le premier qu'elles ne célèbreraient pas ensemble depuis qu'elles se connaissaient.

*Des dates !*

*Oui, ce sont des dates !*

*040794 : le 4 juillet 1994*

*170793 : le 17 juillet 1993*

*280194 : le 28 janvier 1994*

Adèle connaissait ces dates.

Elle se rendit à la cuisine.

Sur le réfrigérateur, il y avait le calendrier familial où sa mère notait les rendez-vous, les anniversaires, les jours de paye, de recyclage et d'ordures.

Adèle se rendit au mois de juillet.

Dans la case du 4, sa mère avait dessiné un cœur.

Dans la case du 17 également.

Au mois de janvier, elle avait fait la même chose dans la case du 28.

*Non, non, non...*

Adèle s'approcha de la chambre de sa mère pour s'assurer qu'elle dormait à poings fermés.

L'adolescente croyait avoir trouvé le lien qui unissait les esprits frappeurs et Agathe, mais elle avait besoin d'une dernière confirmation pour en être assurée.

Elle descendit au sous-sol et, dans la chambre à débarras, elle dénicha une boite d'archives personnelles appartenant à sa mère.

Sur le couvercle, il était écrit « 1990-1999 ».

Adèle trouva les agendas de sa mère des années 1993 et 1994.

Elle les feuilleta et eut la confirmation de ce qu'elle redoutait.

Assise sur le sol, Adèle se sentit défaillir.

## chapitre 54

Le marché aux puces Superstar était situé dans une bâtisse qui avait anciennement abrité une usine à chaussures fermée en raison d'un scandale.

Effectivement, il avait été prouvé que le cuir utilisé pour fabriquer les souliers était celui de pauvres chiens et chats.

Le fournisseur, une chaine de restaurants fort populaire qui offrait à un prix dérisoire des buffets de type « Mangez tout ce que vous pouvez, soyez malades, répétez si nécessaire », s'en était tiré indemne.

Le Superstar, « LA superétoile des marchés aux puces », offrait de tout pour tous les gouts, mais d'une qualité suspecte : des postiches, des fausses moustaches, des verres fumés, des produits de beauté – « de laideur », se dit Adèle en observant les couleurs offertes –, des enregistrements pirates des derniers films à succès, des enjoliveurs de roues, des étuis pour téléphone cellulaire, des « créez votre t-shirt » offrant des designs à l'humour douteux, des produits naturels pour tous les maux de la Terre (sauf la bêtise humaine), on trouvait de tout.

Enfin, le kiosque de Glandula offrait la pose d'affreux ongles en acrylique.

Adèle hésita avant d'aborder la voyante.

Elle semblait être en vive discussion avec une mascotte (un ours ? un chien ? un castor ?) qui faisait la promotion d'un désodorisant « 100 % naturel » à base d'huile de cuisson recyclée.

L'échange prit fin lorsque Glandula asséna des coups de poing et de pied à la mascotte qui retraita à son kiosque en la menaçant d'appeler la police.

Glandula entra dans une espèce de tipi en plastique agrémenté de lumières de Noël qui clignotaient.

Adèle remarqua un présentoir où étaient accrochés des talismans éloignant les mauvais esprits, exactement comme celui que madame Oligny lui avait donné le matin même et qu'elle portait dans le cou.

Les petits coutaient cinq dollars, les moyen dix et les gros, vingt.

L'adolescente prit une bonne respiration.

Lorsqu'elle fut assez proche pour être entendue, elle dit en direction de la tente :

– Madame Glandula ?

Pas de réponse.

– Madame Glandula ?

– Oui, oui, dit une voix provenant de l'intérieur. Pas de panique, fille, je suis pas sourde.

Elle sortit.

Elle avait une pâte blanche au-dessus de la lèvre supérieure et sur le menton.

C'était pour blondir ses poils indésirables.

Adèle avait du mal à croire que cette femme pouvait l'aider à régler ses problèmes de *poltergeists*.

– Je peux t'aider ?

– Oui, euh, je suis... Est-ce qu'il se peut que vous ayez parlé à une certaine madame Oligny au sujet d'un problème d'esprits frappeurs ?

– Oui, oui, pourquoi ?

– Eh bien, elle est décédée ce matin.

– Les esprits frappeurs, n'est-ce pas ? Je lui avais dit de ne pas les sous-estimer. T'as besoin d'aide toi aussi ?

Adèle fit oui de la tête.

Avec son index, Glandula indiqua à Adèle de la suivre dans le tipi.

Il y avait une table pliante sur laquelle se trouvaient des cartes de tarot et une boule de cristal sur un piédestal.

La voyante fit signe à l'adolescente de s'assoir.

– Elle t'a donné le talisman ? demanda Glandula en s'observant dans un miroir de poche.

– Oui, vous parlez du truc en plastique en forme de frite ?

– Comment, le truc en plastique en forme de frite ? Non, je te parle du doigt de mort !

Adèle le sortit de son chandail et l'exhiba.

– Ne m'insulte pas, fille. Je suis moi-même allée le chercher dans des cryptes.

– Vous vendez de vrais bouts de cadavres ?

– Mais oui. Tu penses quoi ? Que je suis un charlatan ?

– Non. C'est pas illégal ?

– Oui. Mais bon, qui s'en préoccupe vraiment ? Les morts n'ont plus besoin de leurs doigts et je fais peut-être cinq-cents dollars par année avec cette marchandise. C'est pas assez pour déstabiliser l'économie du pays.

– Et ce doigt, il va me protéger ?

– Des esprits frappeurs, oui. T'as trouvé le lien qui les unit à cette fille ?

– Agathe. C'est comme ça qu'elle s'appelle, c'est ma demi-sœur.

– Et le lien, tu l'as ?

Adèle opina du chef.

# chapitre 55

Glandula dit à Adèle :

– Vas-y, fille, je t'écoute.

– J'ai enfin compris pourquoi Agathe appelle ces esprits « ses demis ». Ce sont ses demi-sœurs ou demi-frères. Ma mère a fait trois fausses couches il y a presque une vingtaine d'années. Ils ont le même père qu'Agathe, mais pas la même mère. Les *poltergeists*, ce sont eux.

– Un classique de la vengeance d'esprits. Ce sont donc tes frères ou sœurs.

Adèle fit oui de la tête.

– Ils t'en voudraient donc parce que t'es vivante et pas eux. Et cette Agathe, pourquoi elle te déteste ?

– Mon père l'a abandonnée. Et il m'a choisie au lieu d'elle.

– C'est logique. Elle a fait un pacte avec les esprits et ils s'entendaient bien parce que leur souffrance était semblable. Alors tout est bien qui finit bien.

– Ce n'est pas fini. Je suis leur nourriture suprême, non ?

– Non. Ils peuvent te déranger, te hanter ou te rendre folle, mais pas te dévorer. Vous faites partie de la même famille. Avec ce talisman, ils vont te ficher la paix. De toute façon, dès qu'ils auront trouvé leur nourriture suprême, tu n'entendras plus parler d'eux.

– Et cette nourriture, qui c'est ?

Glandula offrit une réponse à Adèle qui la fit frissonner.

# chapitre 56

En revenant chez elle, Adèle trouva son père et sa mère assis à la table de la cuisine, en pleine discussion.

Ils ne se disputaient pas, mais le ton n'était pas cordial non plus.

– Qu'est-ce qui se passe ? fit Adèle.

Le père répondit :

– C'est Agathe. Elle s'est sauvée de l'hôpital et personne n'a idée où elle pourrait bien être. Tu le sais, toi ?

Adèle fit non de la tête et demanda :

– Comment elle est parvenue à sortir ? Ce n'est pas surveillé ?

– Oui, mais il y a eu un incendie. Elle en a profité pour fuir.

– Un incendie ?

– Il semblerait que des bonbonnes d'oxygène ont explosé.

*Agathe est maintenant hors de contrôle.*

*Ses demis ont atteint leur pleine maturité et ils sont déchainés.*

*Il faut que je la retrouve.*

*Je dois lui parler.*

*Je dois la convaincre de briser ses liens avec les esprits frappeurs.*

*Sinon...*

Son père ajouta :

– Elle n'a pas d'argent et même pas de manteau. Quand je l'ai quittée, elle était confuse.

*C'est moi qu'Agathe veut.*

*Elle est jalouse parce que j'ai un père et une mère.*

*Les demis ne vont pas s'attaquer à maman ou à papa.*

*Agathe va tenter par tous les moyens de me mettre en colère, puisque c'est comme ça que les esprits frappeurs discernent leur proie.*

*Mais pas cette fois.*

*Je connais les tactiques d'Agathe.*

*Si je ne réussis pas à convaincre Agathe de briser ses liens avec les esprits frappeurs, le piège va se refermer sur elle.*

Toute la soirée, Adèle observa la rue par la fenêtre de sa chambre, anticipant le retour d'Agathe.

Elle répéta mille fois ce qu'elle allait lui dire.

À bout de forces après une journée exténuante, Adèle s'endormit.

Elle fut réveillée par la sonnerie de son téléphone cellulaire.

Il était deux heures trente du matin.

L'afficheur indiquait que l'appel provenait de son amoureux.

Au bout du fil, des hurlements.

# chapitre 57

Adèle et son père arrivèrent à la maison de Renaud moins de dix minutes après qu'elle eut reçu l'appel de détresse.

Un incendie majeur se déployait devant leurs yeux.

Des langues de feu de plusieurs mètres sortaient des fenêtres pour venir lécher l'extérieur de la résidence.

Trois camions de pompiers et plusieurs voitures de police avaient été dépêchés sur les lieux.

Avant même que l'automobile de son père ne se soit immobilisée, Adèle en sortit et courut en direction de la maison.

Paniquée, elle trouva un jeune policier et lui demanda où étaient les habitants de la maison.

– Je ne sais pas, dit-il. Je crois qu'ils sont coincés à l'intérieur. Ce n'est pas un incendie comme les autres.

– Pourquoi ?

– Il y a du feu partout, mais la maison ne brule pas.

Adèle passa sous le cordon de sécurité et avança vers l'habitation qui dégageait une chaleur insupportable.

Elle sortit la carte professionnelle que Glandula lui avait donnée et derrière laquelle elle avait écrit la même locution latine que madame Oligny avait utilisée pour chasser les esprits frappeurs de la toilette des filles.

Elle hurla :

– *Spiribitus domum non invitati, statim quaesivimus proficisci iubeo !*

Ce qui signifiait : « Esprits, vous n'avez pas été invités dans cette maison. Je vous ordonne de sortir immédiatement ! »

Les flammes cessèrent sur-le-champ.

Les pompiers se regardèrent, déconcertés.

Adèle se jeta dans l'entrée principale ; la porte était entrouverte.

Elle grimpa les marches deux par deux et entra dans la chambre de Renaud dont la lumière était allumée.

Le spectacle qui s'offrit à elle lui donna la nausée.

## chapitre 58

Renaud était couché sur son lit, les yeux fixant le plafond, la peau noircie par de graves brulures.

Agathe était debout et son visage était noir aussi.

Au moins la moitié de ses cheveux avaient brulé, ainsi qu'une partie de ses vêtements.

Elle n'avait plus de sourcils.

Elle tourna la tête vers Adèle et lui sourit.

– Salut, demi-sœur. T'es peut-être arrivée trop tard pour sauver la vie de ton très cher Renaud.

Ce dernier gémit de douleur.

Agathe leva une main et désigna le corps fumant de l'adolescent.

– Je me suis dit que le meilleur moyen de te mettre en colère serait de m'attaquer à ce que tu as de plus cher au monde.

– Agathe, qu'est-ce que tu lui as fait ? demanda Adèle en s'approchant de son amoureux.

– Voyons, tu sais bien que je n'y suis pour rien.

Adèle prit la main de Renaud, mais la relâcha immédiatement lorsqu'il émit un cri de souffrance.

– T'es fâchée, non ? demanda Agathe. Dis-moi que tu es fâchée.

Adèle fit non de la tête.

– Je ne suis pas en colère, ma sœur. J'ai pitié de toi.

Adèle avança lentement en direction d'Agathe.

– Tu as été bernée, Agathe. Ce n'est pas moi que tes demis comptent dévorer comme ultime nourriture, c'est toi.

Agathe fit un pas arrière.

– Tu mens.

– Non, je ne mens pas. Ils ne peuvent rien à mon âme parce que je suis leur sœur. Leur vraie sœur. Dès le départ, ils savaient que t'allais leur servir de dernier repas.

– Non, ce n'est pas vrai. C'est toi qu'ils vont manger.

Le visage d'Agathe se modifia, ses tempes saillirent, ses joues devinrent plus creuses et son corps tout entier s'amincit.

C'EST TOI QU'ILS VONT MANGER !

Adèle ouvrit ses bras.

– Ne te laisse pas envahir par la colère, petite sœur. Approche que je te prenne dans mes bras.

Agathe faisait frénétiquement non de la tête.

– Je t'aime, dit Adèle. Tu es ma sœur.

Agathe se mit alors à bouger comme si elle était piquée par des lances à différents endroits de son corps.

Adèle vit une de ses mains disparaitre, comme croquée et engloutie par une bouche invisible.

Agathe, trop surprise par ce qui se passait, resta silencieuse, mais ses yeux affichaient la peur.

Puis ce fut au tour d'une de ses oreilles, d'une épaule et d'un pied, ce qui la fit tomber.

Une partie de sa poitrine disparut, un bras au complet, une hanche et sa mâchoire.

Les derniers morceaux qui restèrent furent ses yeux.

Avant de disparaitre à tout jamais, ils observèrent Adèle, troublés.

## chapitre 53

La réadaptation de Renaud fut longue et pénible.

Après six mois de convalescence et plusieurs greffes de peau, il retourna enfin à l'école où il fut accueilli en héros par son amoureuse qui l'avait accompagné dans chacune des étapes du calvaire.

Derrière elle se trouvait sa meilleure amie, Bianca.

Renaud n'était plus le bel adolescent qu'il avait été en début d'année scolaire.

L'incendie avait ravagé plus de quatre-vingt pour cent de son corps, y compris son visage.

Au cours des prochaines années, il allait devoir recourir à plusieurs chirurgies esthétiques afin de tenter de redonner à son visage ses caractéristiques d'antan.

Pour l'instant, il était défiguré.

Bianca, constatant qu'Adèle aimait toujours Renaud comme au premier jour, demanda pardon à son ancienne meilleure amie pour avoir été aussi mesquine.

La réconciliation fut rapide et ce fut comme s'il n'y avait jamais eu de dispute entre elles.

Aussi, lorsqu'Adèle se couchait maintenant dans son lit, elle ne faisait plus de place à sa sœur imaginaire.

Elle occupait désormais tout le lit.

# message de l'auteure

Oh là là! Quelle histoire tordue, n'est-ce pas?

Des fois, mon imagination me surprend.

Tout comme Adèle, je suis tombée un soir sur le film *Poltergeist*. Parce qu'il ne restait qu'une quinzaine de minutes à son visionnement, je suis allée le louer le lendemain.

J'ai vraiment trippé et je te recommande de le regarder si t'aimes les films d'horreur bien construits.

J'ai beaucoup lu sur les esprits frappeurs et j'ai tout particulièrement accroché sur le fait que, souvent, une adolescente troublée se trouve dans les alentours.

J'avoue qu'il m'arrive parfois de péter les plombs, mais ça ne provoque jamais de phénomène paranormal: j'ai jamais vu mon frère Fred passer l'aspirateur ou vider le lave-vaisselle de son propre chef!

Ce serait tellement épeurant!;)

J'espère vraiment que mes histoires bizarres te divertissent.

Si t'as le gout, tu peux toujours m'écrire à
bloguedenamaste@gmail.com

Vive les Réglisses rouges!

## Du même auteur

Pakkal XII –
*Le fils de Bouclier*
Éditions La Semaine,
2010

Pakkal XI –
*La colère de Boox*
Éditions La Semaine,
2009

Pakkal X –
*Le mariage de la princesse Laya*
Éditions Marée Haute,
2008

Pakkal IX –
*Il faut sauver l'Arbre cosmique*
Éditions Marée Haute,
2008

*Le deuxième codex
de Pakkal,* hors série
Éditions Marée Haute,
2008

Pakkal VIII –
*Le soleil bleu*
Les Éditions des Intouchables,
2007

Circus Galacticus –
*Al3xi4 et la planète
de cuivre*
Éditions Marée Haute,
2007

Pakkal VII –
*Le secret de Tuzumab*
Les Éditions des Intouchables,
2007

Pakkal VI –
*Les guerriers célestes*
Les Éditions des Intouchables,
2006

Pakkal V –
*La revanche de Xibalbà*
Les Éditions des Intouchables,
2006

Pakkal IV –
*Le village des ombres*
Les Éditions des Intouchables,
2006

*Le codex de Pakkal,*
hors série
Les Éditions des Intouchables,
2006

Pakkal III –
*La cité assiégée*
Les Éditions des Intouchables,
2005

Pakkal II –
*À la recherche de
l'Arbre cosmique*
Les Éditions des Intouchables,
2005

Pakkal I –
*Les larmes de Zipacnà*
Les Éditions des Intouchables,
2005

Notre distributeur :

**Messageries de presse Benjamin**
101, rue Henry-Bessemer,
Bois-des-Filion (Québec)
J6Z 4S9

Tél. : 450 621-8167

Achevé d'imprimer au Canada par
Marquis Imprimeur Inc.